和谐校园文化建设读本

感悟父爱

段 旭/编写

吉林教育出版社

图书在版编目(CIP)数据

感悟父爱 / 段旭编写. —长春:吉林教育出版社,
2012.6(2023.2重印)

(和谐校园文化建设读本)

ISBN 978-7-5383-9019-3

Ⅰ.①感… Ⅱ.①段… Ⅲ.①故事—作品集—世界
Ⅳ.①I14

中国版本图书馆 CIP 数据核字(2012)第 116280 号

感悟父爱
GANWU FU'AI

段 旭 编写

策划编辑 刘 军　　潘宏竹		
责任编辑 刘桂琴		**装帧设计** 王洪义

出版 吉林教育出版社(长春市同志街 1991 号　邮编 130021)

发行 吉林教育出版社

印刷 北京一鑫印务有限责任公司

开本 710 毫米×1000 毫米　1/16　　**印张** 11.5　　**字数** 146千字

版次 2012 年 6 月第 1 版　　**印次** 2023 年 2 月第 2 次印刷

书号 ISBN 978-7-5383-9019-3

定价 39.80 元

编 委 会

主　　编：王世斌

执行主编：王保华

编委会成员：尹英俊　尹曾花　付晓霞

　　　　　　刘　军　刘桂琴　刘　静

　　　　　　张　瑜　庞　博　姜　磊

　　　　　　潘宏竹

　　　　　　（按姓氏笔画排序）

总 序

千秋基业，教育为本；源浚流畅，本固枝荣。

什么是校园文化？所谓"文化"是人类所创造的精神财富的总和，如文学、艺术、教育、科学等。而"校园文化"是人类所创造的一切精神财富在校园中的集中体现。"和谐校园文化建设"，贵在和谐，重在建设。

建设和谐的校园文化，就是要改变僵化死板的教学模式，要引导学生走出教室，走进自然，了解社会，感悟人生，逐步读懂人生、自然、社会这三本大书。

深化教育改革，加快教育发展，构建和谐校园文化，"路漫漫其修远兮"，奋斗正未有穷期。和谐校园文化建设的研究课题重大，意义重要，内涵丰富，是教育工作的一个永恒主题。和谐校园文化建设的实施方向正确，重点突出，是教育思想的根本转变和教育运行机制的全面更新。

我们出版的这套《和谐校园文化建设读本》，既有理论上的阐释，又有实践中的总结；既有学科领域的有益探索，又有教学管理方面的经验提炼；既有声情并茂的童年感悟；又有惟妙惟肖的机智幽默；既有古代哲人的至理名言，又有现代大师的谆谆教诲；既有自然科学各个领域的有趣知识；又有社会科学各个方面的启迪与感悟。笔触所及，涵盖了家庭教育、学校教育和社会教育的各个侧面以及教育教学工作的各个环节，全书立意深邃，观念新异，内容翔实，切合实际。

我们深信：广大中小学师生经过不平凡的奋斗历程，必将沐浴着时代的春风，吸吮着改革的甘露，认真地总结过去，正确地审视现在，科学地规划未来，以崭新的姿态向和谐校园文化建设的更高目标迈进。

让和谐校园文化之花灿然怒放！

本书编委会

目 录

影子里的父爱

◆文/佚名

陆明是一名医生,这天轮到他在急诊室值班。外面天气很热,中午时分,几个人抬着一个病人进来了。

这是一个农民模样的人,双目紧闭,面色潮红,完全处于昏迷状态。床边一个八九岁的小男孩,边哭边喊着:"爸,你怎么了?怎么了?"

陆明给病人检查后,发现他只是中暑了,就给他打了一针,并安慰男孩:"你爸没事,一会儿就好。"

男孩这才止住了哭,一边说着"谢谢",一边从裤兜里掏出一沓皱巴巴的钱:"五毛、六毛……一块、两块……医生叔叔,一共七块三,够不够我爸的药费?"说着,男孩把那些毛票递了过来。

陆明没有接钱,而是怜爱地摸着他的头说:"你还挺壮实的,你爸中暑了你居然没事儿。"

孩子说:"天太热了,街上没有树,我爸怕我晒着,就让我蹲在他背后的影子里。后来他就晕倒了……"

听着孩子的诉说,陆明的心猛地一颤。就在这时,护士进来了,说陆明的父亲刚才来过,见他忙,把东西留下就离开了。陆明接过东西一看,是一把遮阳伞和一小瓶人丹,陆明的心突然清凉无比。

阅读感悟

无论是人丹、遮阳伞还是父亲的影子,为的都是能在炎热的夏日里,给心爱的儿子带来一丝清凉,方式不同,爱却等价。

读懂父爱

我在一个家教严谨的家庭里长大,父亲陆天明在外人眼里很温和,但对我从小就很严格。在我的记忆里,父亲总是一副忙忙碌碌的样子,回到家就扎进书房看书、写作,很少与我交流。从我的童年时代到青年时代,父亲与我沟通的次数屈指可数。淡淡的隔阂像薄纱一样,将我和父亲的心灵分隔在两个世界里。

我从小酷爱文艺,梦想长大后能成为像张艺谋那样的国际名导。高中毕业后,我准备报考北京电影学院导演系,但父亲坚决反对,认为我没有生活沉淀和感受,拍不出什么好电影,还会沾染自高自大的毛病。他自作主张,为我填报了解放军国际关系学院的志愿。父亲掐断了我的梦想,为此我对他有了怨言。

大学毕业后,我在国防科工委当了一名翻译。一次,我路过北京电影学院,发现海报栏里张贴着导演系招收研究生的简章。我沉睡的梦想再度被激活了。我没有告诉父亲,就报考了导演系的研究生。入学考试时,一位教授是父亲的朋友,给父亲打去电话:"导演系研究生班很难考,你不替儿子活动活动?"父亲断然拒绝:"他行,需要我活动吗? 他不行,拉关系又有什么用?"

虽然我以总分第一名的成绩被导演系录取,但父亲的"冷酷"还是让我心里很不舒服。我总觉得父亲有些自私,过分专注自己的事业,忽视了我的发展。那时,看到别的父子像朋友一样相处,我既羡慕又忧伤。

几年后,我成为北京电影制片厂的专业导演。因为是新人,我整整三年没有导演一部戏。我整天无所事事,常常坐在街头,看着夕阳发呆。此时,父亲已经写出《苍天在上》《大雪无痕》等颇具影响力的剧本。我很希望父亲能为我写一个剧本，再利用他的影响力为我寻找投资方。我委婉地暗示过父亲，但每次他都这样告诉我："你是个男人，自己的事情自己解决。"我想到别人的父亲想方设法为子女牵线搭桥，自己的父亲却对我的事业不闻不问，心里有种难以言说的滋味。

2001年，我的事业终于迎来了转机。我导演的电影《寻枪》荣获国际国内十多项大奖。我以为父亲会表扬我几句，谁知，他在电视里看到颁奖典礼时，只是淡淡地说："还行，但需要提高的地方还很多。"我回敬了一句："在你眼里，我永远成不了气候。"因为话不投机，我与父亲吵了起来，很长时间谁也不答理谁。

2004年9月，就在我执导的电影《可可西里》进行后期制作时，我年仅55岁的姑姑、著名作家陆星儿因患癌症在上海去世。这给亲人们带来巨大的悲痛。特别是父亲，从小与姑姑感情很深。仿佛一夜之间，他苍老了很多。

料理完姑姑的后事，我陪着父亲回到北京。此时再看父亲，那个威严、冷酷的男人竟那么瘦弱无助，我内心五味杂陈……见父亲头发乱了，我打来热水为他洗头发。这一平常的举动，竟让父亲老泪纵横："孩子，从小到大，爸爸对你很严厉。你也许觉得爸爸很冷酷，但爸爸从来都把你的每一步成长放在心里。溺爱和纵容孩子，是一个父亲最大的失职……"

我的眼睛湿润了。母亲告诉我："你在青藏高原拍摄《可可西里》时，你爸爸听说你患上了严重的高原病，累得吐血，担心得整夜睡不着，一说起你就泪流满面。"原来父爱一直伴随着我，只是父亲这份爱含蓄而深沉，用心良苦。当我读懂父爱时，我已经30多岁了。

2009年4月16日，我呕心沥血四年拍摄出的电影《南京！南京！》在央视电影频道举行首映式。记者现场连线我远在上海养病的父亲。四年来，父亲知道我数次阑尾炎发作，昏倒在片场；知道我冒着零下30℃的严寒，一拍摄就是十多个小时……在显示屏上，我清晰地看到父亲嘴唇哆嗦，老泪纵横，几度哽咽难语："孩子，四年来你受的苦，我和你妈都看在眼里。"我有太多的话想对父亲诉说，可又不知从何说起，只是向父亲深深地鞠了一躬……

阅读感悟

父亲的爱含蓄而深沉，在他威严冷酷的外表下流动着滚烫如火的岩浆，那一点一滴尽是对子女的爱。

穿越死亡的父爱

◆文/陈凤尤

从小到大,我从没见父亲流过一滴眼泪。可在我手术前,他哭了。

那是春节后的第四天,我肚子疼得厉害,几天也不见好,父亲带我上医院检查了几次,可查来查去,都查不出个所以然。

在那度日如年的半个月里,父亲每天坐在床边,眼巴巴地望着我。看着我日渐消瘦,他的眸子失去了往日的光泽。

不久后,我又作了一项检查,检查结束,医生紧皱眉头,自言自语:"怪事,小肠中怎么有个瘤?"他认为,这种瘤极为少见,十有八九是恶性的……很快,父亲风尘仆仆地赶到医院。就在快进病房的时候,他站住了,揩了一把湿漉漉的眼窝,步伐轻快地走了进来,冲我笑了笑。

父亲不死心,他跟医生商量,要给我作CT检查。但他把检查单递进那扇小窗后,就默默地走开了。检查室里,进来一位医生,是父亲托人找的一位熟人,父亲想让他来帮自己看个明白。

半个小时后,那位医生出去了。我悄悄地扒着门缝往外看,父亲一看到他的脸,仿佛心里的一盏灯灭掉了,脸色由焦急变成了黯淡,他站在原地不动,仿佛腿有千斤重。果然,那位医生叹了口气:"唉,太年轻了,真可惜……"父亲扶着墙慢慢地蹲下了,把十指叉进了头发,使劲地绞动着。过了一会儿,他吃力地站起身。我赶紧装作什么都不知道的样子,跟他回到病房。他一直沉默地往回走,但扭头看我的时候,脸上却溢满了微笑:"没什么事,只要做了手术,就会好的。"

过了一会儿,父亲去了医生办公室,回来后对我说:"明天就可以手术。"就在我准备进手术室前,父亲忽然把大姐叫了出去。过了好一会儿,才见大姐一个人回到我的身边。我有些慌了,拉住大姐的手,连声问："爸呢？"大姐说他有点儿事，马上就来。

手推车把我推出了病房，行进在长长的走廊上，家人都跟在后面，谁也不说话，只听见"嚓嚓"的脚步声。这时，传来"祝你生日快乐"的铃声，这是我给父亲调的手机铃声！循着铃声，我使劲将脑袋往后仰，终于发现父亲站在走廊的尽头。远远望去，他是那样苍老。

我躺在手术台上，麻醉师给我打了一针，我的身体慢慢失去知觉。不知过了多久，一张圆圆的脸靠近了，轻轻地对我说："别怕，是良性的。"

心里一块石头落了地，我却没有多惊喜。我流着泪，最先想到的就是赶快把这个消息告诉父亲。

从手术室里出来，我又被送回病房。父亲却不在，大姐说父亲怕我失血过多，去买血浆了。顿了一下，大姐又说，父亲走之前叮嘱说，手术完了一定打个电话告诉他。我不知哪来的力气，挣扎着说："给我电话！"

大姐掏出手机，拨通了父亲的号码，放到我耳边。"嘟……嘟……"又过了一会儿，听筒里终于传来父亲的声音，沙哑又克制："手术完了吗？怎么样？"

我感到一阵心酸，憋了半天，才哽咽着说出手术的结果。过了许久，突然传来父亲的哭声，那苍老、喑哑的抽泣声，像委屈，更像一种释放，穿透我的耳膜，慢慢地浸透我的皮肤、血液和每一根神经。

我张张嘴，想大喊一声"爸爸"，嗓子却忽然嘶哑，耳边湿漉漉一片。那一刻，我只想伸手去抱一抱我的老父亲。

阅读感悟

尽管内心焦虑而痛苦，父亲依然努力呈现给孩子笑容与宽慰。在穿越过死亡之后，得到重生的不仅是"我"，还有与"我"一同挣扎过的父亲。

绝情父亲隐忍的爱

◆文/黄丁青梅

一年前，我开始和他冷战，与他没有任何交流。

母亲工作忙，他包揽了所有家务活。外婆家的人不喜欢他，或者是因为他配不上母亲，或者是他每月只能拿微薄的固定工资，可是，我和母亲知道他是一个好男人。

时值年末，母亲正为单位的年终工作忙得焦头烂额，日夜不能眠，他却自作主张订了车票要母亲和他去海南旅游。他那么坚持，最终母亲跟他去了，而这一去，母亲再也没能回来。

我的世界塌了，成绩一落千丈。这一切，我归咎于他。如果不是他，我怎会失去亲爱的妈妈？

我以为他会无比痛苦。可我只看到他以超常的努力去争取母亲事故的赔偿金，母亲的遗体只在太平间里待了51个小时，便被火化了。有人提议他晚些处理，这样可以多争取些赔偿，他却犹豫着说："每天的冰冻费用要二百多元。"我开始恨他，即使他在夜里跑到母亲遗像前跪着哭泣。

母亲的葬礼，操办得简单至极。他撇下一群人，跟母亲单位的领导一脸讨好地说半天话。火化前，我拿出母亲最爱的钻戒放在母亲身边，他思忖半天，最终装进自己的衣兜里。

这次事故之后，母亲的家人都和他断了来往。我却不得不留在他的身边，看着他承受别人的冷嘲热讽，看着他原本矮小的身躯更加颓废。我的感觉由厌恶变成愤恨，我不想再去读书，便自己办理了退学。他在半夜找到我时，我或是醉得一塌糊涂，或是伤痕累累地睡在马路上。

他沉默着把我带回家，给我擦洗伤口，煮蜂蜜水。我醒来时，看到他的眼光，有着乞求还有愧疚，我为自己带给他这样的难过而觉得高兴。

他终于决定和我好好谈一次。他说："你的母亲一直希望你成为一个优秀的人，为了她，你不能这样自暴自弃。"这是母亲去世后，他第一次在我面前提起她。他絮叨地说着话，眼里有泪花。

他的话最终触动了我，我找了一家工厂，踏踏实实地从工人开始干起。半年的时间，我便从工人干到了带班班长。我的话依然很少，别人偶尔提到他的名字时，我依然很窘迫，随后把这些情绪带回家，跟他吵闹。

即使如此，也没有人同情他。只有奶奶袒护他，说我不懂事，甚至搬出古训来教育我，她说："'子欲养而亲不待'，这是世界上最悲哀的事情，你那么对待他，会后悔的。"

我沉着脸说："不会。"

他生了病，整夜咳嗽，开始时，我还有一丝担心，后来习惯了便开始厌烦。那声音从他的被子里透出来，隔着一堵墙传到我的耳朵里，分外地刺耳。我狠狠地拍一下墙，那边顿时没了声响。

直到有一天早上，他忘记关卫生间的门，我进去洗脸，发现他手里的纸巾上有醒目的血块，我才知道他病得厉害。

又一个冬天来了，我看到他吃大把的药，却不见有效果，他咳得仿佛用尽了全身的气力，脸一天天黑下去，身体瘦了一大圈。即使身体这样糟糕，他也没有耽误给我做饭。即使我下夜班，他也会在客厅里等我。饭总是热的，被子里已经暖了。

年末的一天夜里，天上飘着雪，我下了楼才发现衣服穿得有点单薄，想回家去取。走到二楼，便看到他手里拿着我的大衣，因为赶得急，正在楼梯拐角处大口喘着。接过衣服的时候，碰到他的手，凉且无力，我心里一阵紧，我催他去查身体，他笑着说："查了，等春天来了就好了。"

走下楼，我回头看他，他还在，身体靠在栏杆上，背影佝偻成一个老人。

第二天，正在上夜班，门卫说有人找我，跑出去看，是母亲的领导。他说："我早上在医院看到你父亲了，思量再三，我必须告诉你一件事情。"

　　他说："你母亲挪用公款炒股，亏空了近五十万元。年末审计，她慌了手脚。你父亲根本不是带她去旅游，而是同她一起借钱，没想到却出了车祸。当时，公司的审计工作已经展开，你父亲急着取回死亡赔偿款，也是因为要归还给公司。

　　"他不是没有计算过，缓些时日处理你母亲的丧事，可以获得更多赔偿，但是时间拖长了，她挪用公款的事就会曝光。他说，你崇拜你的母亲，而且，他爱她，不希望她死后还背上这样的罪名。其实，他要我保守这个秘密，可是，医生说他已经到了肺癌晚期。对于这样的好人，让他背负着儿子对他的恨离开这个世界，我不忍心。"

　　回去的时候，他还在床上躺着，看我回来，急着起床给我做饭。我叫了声"爸"，跪了下去。他想扶我起来，因为用了力，又开始咳。我终于明白，母亲为什么会对这样平凡的父亲情有独钟。他才是真正的男人，隐忍而厚重，他给我们的爱宽厚如山，似溪流，润物而无声。

阅读感悟

　　父亲的爱往往含蓄，极少像母爱的细语柔声溢于言表，因此我们的记忆中，也许有很多关于母亲的难忘画面，却往往怀疑父爱的缺席。不！父爱从不缺席，他永远站在我们背后，默默地保护我们，像一座大山，遮挡着风雨。

"谎言"背后的父爱

◆文/李红都

曾经，她一直认为父亲很爱"说谎"，因为每一回当她拒绝喝那些难吃得要命又贵得要死的各种中药汤时，父亲就会哄她说："乖，听话。吃了耳朵就会好了啊，真的！"

后来，吃了很多父母节衣缩食买回来的治疗耳朵的药，还是没能好。可是父亲好像从来不灰心，总是"乐此不疲"地四处打听着治疗女儿耳朵的药方，每打听到一次，就认定这是能拯救她逃出无声世界的一副灵丹妙药。

每当烦透了的她拒绝吃那些药的时候，父亲就会用笔在纸上对她写道："说不定啊，这次吃了就好了呢，想想你能听到了的话，就可以弹琴唱歌了，那该有多好啊！"每一次，她那已沉落在心底深处的复聪梦都会被父亲这一句话说得又浮了起来……

父亲常常说："好好读书啊，等你考了第一，上天就会被你感动了，恢复你被他囚禁的听力了。"于是，她就拼命地学呀学。有一天，她真的在年级上考了个第一，面对同学们投来的敬佩的目光，她好开心啊！要知道，这仅仅依靠看口型和自学为主争取得来的好成绩是多么的不容易啊！只是，她等了又等，既然考了第一，耳朵怎么还是听不清楚？

父亲微笑着，哄着泪眼婆娑的她："可能老天爷睡着了吧。没事，接着努力，多考些第一，老天爷总不能天天都睡着吧？"

就这样，她又一次松懈了的心再一次被父亲的这些话注入了无限的动力……

高中毕业，从小一起玩到大的平儿考上了北京广播学院（现更名为中国传媒大学）。临走的那天，平儿安慰她，说："如果听力没坏，你也一样能上最好的大学。"她看懂了平儿的口型，于是笑了，又哭了。

父亲哄她："你通过自学考试，上了没有围墙的大学，毕业了，也能和平儿一样找到好工作。"

于是，她报考了高等教育自学考试。为了克服听障，为了学有所成，她付出了常人双倍的努力。三年半后，她顺利毕业了，可是她的生活并没有一丁点儿的改变。

父亲哄她："别急，水到渠自成，选择一个适合自己发展的专业继续努力下去。你的生活也会和健全人一样越来越好。"

于是，她选择了写作。可是一连投了十几篇稿，全都石沉大海，看不到一点希望，她沮丧极了。

父亲哄她："别放弃，下一篇一定能投中，我相信。"这回，她犹疑了，因为父亲曾为她设想过的很多美好愿景都没有实现过。

"既然上天让你选择写作，一定有它的用意，即使失败了，只要继续坚持，相信自己，就会创造出不平凡的生命价值。"父亲又在一边哄她。她灰暗了的心重又被说得蠢蠢欲动了起来。

有一天，她的处女作真的变成了铅字，她欣喜若狂，终于看到了生活的一丝希望。后来，她的生活也因她笔下的文字越来越有了质的改变。这时，她才发现，原来，父亲的"谎言"是如此的真实可信。

是啊，这么多年来，一直是那些"谎言"不断地给她以鼓舞和希望，让她在那一个个"美丽的肥皂泡"的诱惑中学会了追求，懂得了坚持，收获了不比健全人差的文化，赢来了和健全人一样自强自立的生活。

回首往事，她已感到，在那些曾让她疑惑过的"谎言"背后是如山般刚毅、如水般温存的父爱,那些并不是很高明的"谎言",真实地记录下了一个好父亲呵护女儿成长的爱。

阅读感悟

　　父亲鼓励女儿的话语虽是"谎言",但那些"谎言"背后的父爱却是实实在在不打折扣的。

一寸寸父爱

◆文/如 意

忽然间,父亲开口跟我要钱了。最初的说法是身体不太舒服,要去医院做个全面检查。去县城的医院,想来花不了多少钱,于是我汇了2000元给他。过了几天,他打来电话,说身体不太碍事,但钱花完了,还有缺口。

没想到时间不长,他又来电话,说想买一辆电动三轮车,因为年纪大了,骑普通的三轮车去赶集有点儿吃力。

他接连两次要钱,我犹豫了一下,他好像听出了我的迟疑,说:"你给我出一半,我自己出一半,可以把家里的羊卖了。"

我的心软了下来。这些年,他一直养羊,养大一只羊并不容易,每天都要赶到坡上去,一来一回一整天就过去了。母亲在的时候,还会去给他送些热的饭菜,几年前母亲去世了,他就带一些饼子和咸菜,装一壶白开水,走到路上水都凉了。直到晚上回来,他才可以烧一锅热稀饭喝。

我想把他接到城里,他执意不来。在县城的弟弟打算接他一起过,他也不肯,说习惯了乡下,习惯了村里的人。

既然无法说服他,就只能由他了。平常给他钱他总不肯要,说生活简单,开销也小,花不了什么钱。可忽然之间,他好像变了。

我如数把钱汇了过去,心里却觉得有什么地方不太对劲。晚上吃饭,我说给老公听。老公想了想,说:"人家说人越老越像孩子,性格和脾气也会改变,可能是他年纪大了吧。"

三个月后，我公休，决定带女儿回家去看看他。我事先没有告诉他，以免他担心。

家里的门锁着，隔壁的三叔说他去放羊了，还说他今年一下养了8只羊，大羊下的小崽都没有卖。

我牵着女儿上了坡，远远看见小小的羊群，走近了才看见他坐在一棵树下打盹，旁边铺着一块塑料布，上面放着吃了一半的饼子、一小袋咸菜，还有一壶水……

我心里一酸，喊了一声"爸"！

他激灵一下，睁开眼睛，半天才反应过来："丫头，你回来怎么也不事先说一声？"

女儿抢着说："妈妈说要给您一个惊喜。"

回到家，他先把羊圈好。院子里有些杂乱，不像母亲在时那样整洁。角落里，放着他骑了很多年的三轮车。

"爸，你买的电动车呢？"我随口问。

他有些慌张："我……还没买呢，人家说下个月电动车降价。"

"想买就买，明天我陪你去。"我说着，拿了扫帚扫院子。

他说："再等等，等降了价，我让你弟陪我去。"然后，他就进屋去给外孙女找"稀罕物"，是女儿爱吃的红薯干、柿饼。

女儿吃着东西，我收拾院子，听见他给弟弟打电话："你姐回来了，你们晚上也回来吃饭吧。"又小声叮嘱了一句，"多买点儿好吃的。"

我想说什么，却又住了口。在农村，长辈都偏心男孩。多年以来，我心里始终介意父母的偏心。

下午，弟弟两口子带着孩子早早回来了。

父亲亲自下厨,让弟弟打下手,做了很多菜。我感到很意外,他竟然把每一道菜都做出了母亲的味道。吃着吃着,我几乎流下泪来。

晚上,我在院子里陪他说话,他说其实弟弟一直很牵挂我,弟妹还给我女儿织了件毛衣……

话说到最后,还是落到了钱上。他绕了很大的圈子,先说村里正在统一规划,又说母亲生前想翻盖房子,最后才试探着问:"要是手头不那么紧,能不能……你知道的,你弟弟他们……"

我打断他:"爸,翻盖房子需要多少钱?"

"大概要两万吧……"他的声音低下去,又赶快补充,"我的羊要是都卖了,也能卖好几千块钱。"

我愣了一下。两万多,对我来说也不是个小数目。我嗫嚅着:"爸,我回去看一看再说,应该不是太大的问题。"

他低下头:"丫头,难为你了。看看能有多少,爸年纪大了,别的事,也不会花钱了……"

那天晚上,我翻来覆去,很晚都没有睡着。

走时,爸蹬着三轮车送我们去车站。

回去后,我跟老公说了父亲要钱的事,很无奈地小声嘀咕了一句:"他确实变了。"

老公询问:"他是不是身体不太好?我听同事说,老人的身体要是有问题,性格变化会很明显。"

我摇头:"他性格倒没变,只是总想着要钱,就这点变了。"好半天,老公也不说话,他经营的小型出口公司,现在连发工资都成了问题,但他还是说:"把钱给爸吧,咱们紧紧手,日子总还过得去。"我把钱汇给父亲半个月后,老家那边有个亲戚来,我顺口问:"我们家的房子,开始翻盖了吗?"

他有些诧异:"没听你爸说要翻盖房子呀!"然后他像想起来什么,说:"对了,你爸把羊都卖了,帮你弟买了一辆小货车。你弟不在工厂干了,自己给人开车送货呢,不少赚钱……"

亲戚走后,我忍不住把自己关在洗手间,借着"哗哗"的水声哭了一场。

冬天过了一半的时候,老公的公司出事了。他接了一个数额很大的单子,本以为这次是柳暗花明,却不料对方是个骗子,几十万元被骗得精光。虽然报了案,但结果无法预料,银行更不会因此放弃追债。

老公几乎崩溃,从不沾酒的他开始日日酗酒。我心疼且焦急,又无计可施,想了一个晚上,决定卖掉房子。

弟弟是第二天中午打来的电话。我没有心思和他寒暄,弟弟听出我的焦虑,便耐心地询问。

我还是对弟弟说了,没想到他竟连夜坐火车赶了过来,一进门,从怀里掏出报纸包着的一沓钱,说:"姐,这是 5 万元,不多,先拿着应急。"

我吃惊不已:"你哪来的钱?"

"这几个月开车拉货赚了一部分,用房子抵押贷了 3 万,县城里的房子不值钱,只能贷这么多……"

我心里一热,把钱推给他:"我不能用你的钱。"

弟弟急了:"姐,去年工厂倒闭,我和你弟妹都下岗了,想买一辆车,没钱,你给了爸 4 万,让他给我,还不让爸告诉我那是你的钱。我最难的时候,你这样帮我,不让我心里有负担。你能这样对我,为什么不让我这样对你……"

我呆住了,弟弟依然在说:"爸说了,小时候你总让着我,因为我是弟弟;现在我要保护你,因为你是女人。爸还说,有一天他不在了,我那里就是你娘家……"

"爸!"我转过头,弟弟也哽咽了。

阅读感悟

父亲每次开口向"我"要钱,其实都不是为了满足自己的需求。他如此的"处心积虑",为的都是自己的一双儿女啊!

坚硬的父爱

◆文/戴　安

我在镇上的一个小图书馆上班,镇上住的大多是低收入家庭。图书馆里丢东西是常有的事,丢得最多的是 DVD 影碟。

一天,我正在图书馆的咨询桌旁坐着,从门口进来了一个男人,带着一个十几岁的男孩。男人的脸色很憔悴,他的身上到处都刺着文身,连两只眼眉中间还刺了个"十"字,耳朵上还有穿孔,看上去过的日子很是艰辛。走到桌子旁边后,他把一大摞影碟放在了我面前,至少有 20 张。

"这是在我儿子的屋子里发现的,"他说,"都没付过钱,是他偷去的。"

我一时不知怎么答复他才好,明知故问地说:"好吧,一张也没付过吗?"

"是的,女士。"他一边说,一边单腿跪在了地上,以便能和我平视。他的儿子也在一旁跟着跪了下去,脸上又是羞愧又是愤怒。

"您听我说,"男人平静地说,"在我儿子出生后的十年间,我都是在监狱里度过的。我年轻时不务正业,现在想起来真是丢人。"他伸出一只胳膊抱住了儿子。"我是多么盼望着儿子能比我强,我想让他成为一个诚实的人。今天把他带到这儿来,就是要让他必须为自己做的事承担责任。儿子,你有什么话要说吗?"

男孩低头看着地板,嘟哝着向我道了声歉。

事情好像到这儿就结束了,可我想错了,这位父亲的话还没说完。

"其实我真的是很为儿子骄傲,您应该知道,我爱他超过这世界上的一切。他是个很棒的孩子,学习上很聪明。可是我为自己给他做了个不好的榜样而惭愧,他也常抱怨我,我很后悔,希望他能超过我。"

说完，他看着已经是满脸泪水的儿子，说："我爱你，儿子，我爱你。"

进门时还是暴躁而又倔强的男孩，此时把头靠在了父亲的肩膀上，像个幼童似地哭了起来。他的父亲抱着他，给他抹去了脸上的泪水。

这是我见过的最动人的情景，眼泪也流了出来，我努力使自己的声音平静些，感谢他们的诚实。我对男孩说："欢迎你常来图书馆，我会为你准备一张借阅卡！"然后把这一摞影碟放回了书架。

两个人走了，后来我再也没见到过这父子二人，但我永远也不会忘记男孩那流泪的双眼，他一定明白，父亲放下了一切尊严，正是让他活出自己的尊严。

阅读感悟

父亲放下了一切尊严，是为了让他的儿子将来活得更有尊严。

有一种卑微叫做父爱

◆文/琴 台

此刻,你的父亲是不是跟你在一起?那些不在父亲身边的日子,你是否也会像他想你一样,总是深深地深深地想着他?

爸爸身高不到1.6米,我和弟弟都遗传了他的基因,从小到大一直是班级最矮的学生。这确实让人沮丧,每每被同学嘲笑,我和弟弟都会回家冲他发脾气。爸爸却总是"嘿嘿"地笑,一个劲儿讨好我们,买东买西。我和弟弟大嚼着他买的水果,转身对着妈妈撒娇:"要说也怪你,好好地干吗跟我爸啊,如果不是他,我们肯定能长得特别高。"

"我从进门第一天就没正眼看过他。"妈妈接过我们的话茬儿,咬牙切齿地点着爸爸的后背,恨恨地说。我和弟弟习惯了立场一致地站在妈妈一边。不是我们瞧不起爸爸,是这个人实在是一身的毛病。

爸爸爱吹牛显摆,还超级不识时务。

我们不待见他,按说他就该躲到一边好好干活,可他还是个话痨。只要我和弟弟不写作业了,就一定追过来说东道西。我们不是不愿意和他交流,可他说的都是什么啊,老李家的黄牛下崽了,老王家的闺女和谁私奔了,鸡毛蒜皮,听得人耳朵都起茧子了,实在让人不耐烦。

到我们上了初中,家里的经济压力更大了,当时村里有一个人带队出去干建筑,妈妈立刻求人家带上爸爸。爸爸离开了家,我和弟弟都长出了一口气。却没想到,到了工地不久,爸爸就买了一部二手手机,没事就给家里打电话。妈妈忙,没时间和他唠,他就拽着我和弟弟问长问短。

手机信号不好,时断时续的,我们根本听不清他说什么。而他呢,无论我们说什么,都在电话那端说个不停。

以后他再来电话我们俩就互相推着不接,或者就摁了"免提",任他自己在电话那边白话，我们这边该干吗干吗。

在家的时候爸爸总打电话也就罢了，我上了外县的高中，距离远了，功课忙了，本以为爸爸不那么黏人了，却没想到，他还是每三天一个电话。

电话的内容千篇一律：吃的啥，睡得好吗，功课累不累……我听得烦死了，每次都回他："我正看书呢，赶紧挂了吧。"这样和他说话，他也不生气，"嘿嘿"笑着挂了电话，隔三天又准时打过来。

时间一长，同学们都知道我有个唠叨爸爸了，他们还都挺羡慕。我闭紧嘴巴不说家事，同学们大都家境优越，像我这样的农村孩子非常少。我不能想象，如果大家知道我爸爸只是个建筑工，他们会怎么想。

越怕什么越来什么。高三的某天正上课，爸爸突然来了。班主任告诉我这个消息时，我震惊得都不会说话了。

校门口，远远地爸爸局促地站着，穿着一件雪白带着褶的白衬衣，领口还挂着没有撕掉的吊牌。我红头涨脸地嚷他："你来干吗？"他诚惶诚恐地看着我说："我回家，路过你学校，很惦记……"

他嘟嘟囔囔说了很多，末了非要带我出去吃饭，我想都没想就拒绝了。最后，他很尴尬地塞给我100元钱转身走了，一边走一边脱下那件白衬衣小心地包好。看着他身上露出大洞的破背心，我心里一时酸楚，正想再喊他一声，一个同学忽然从背后过来："谁来看你了？"

我慌慌张张搪塞，立刻转身跑掉了。

晚上给家里打电话，莫名其妙地发了顿脾气，虽然没明说，他好像意识到了什么，之后再也没有来过学校，电话也不打了。

8月上旬的时候，大学录取通知书到了，学费6400元，算上其他杂费，一共1万元。

妈妈在家里开始卖粮食筹钱，一边又催着爸爸找工头结算工资。8月底的时候，爸爸兴高采烈地打回电话来：工头说只要看到我的录取通知书，不仅能结清工钱，还能预支两个月薪水。

爸爸的意思是自己回来一趟拿通知书,却又舍不得每天70元的工钱,最后还是妈妈作了决定,让我带着录取通知书去找爸爸。

8月底,立秋早就过了,天气不那么炎热了,可当我按照爸爸说的地址找到那片正在施工的工地时,还是感到了一阵阵的热浪。大大的太阳无情地炙烤着,工地上的人几乎穿着一样的衣服,都是脏得看不出颜色的背心短裤。他们有的砌砖,有的运沙子水泥,还有的一下下敲打着钢筋什么的。我茫然地站着:爸爸在哪里啊?

我怯生生地喊着:"爸爸",机器轰鸣中根本就没人听见。没办法我只好打爸爸的手机。得知我已经到了,爸爸的声音里充满了惊喜,他极力大声嚷着自己的位置。我看了半天,才看到不远处高高的脚手架上有个矮小的、不断挥舞着手臂的人。

阳光刺眼无法长久仰视,模糊中的爸爸像一个欢乐的逗点在脚手架上一直跳着。

眼泪猝不及防地落下来。那么高的大楼,这么热的天气,我第一次体会到一种深深的心疼。等到爸爸从脚手架上下来飞奔到我面前,看着他气喘吁吁满脸大汗的样子,我的眼泪汹涌而来。

这个一直被全家人轻视躲避的,矮小的,辛苦却总是乐呵呵的男人,被我的眼泪吓住了,他连声地问我:受了什么委屈?汗水在他满是灰尘的脸上冲出一道道痕迹,看着他那滑稽的样子我又破涕为笑。

按照妈妈的意思,拿了工钱我立刻就回去,可爸爸坚持留我住一晚,他要请工地上的工友喝酒庆贺一下。搁往常,我一定会责备他浪费,可现在,看着那些憨笑的叔叔、大爷,看着瘦小得让人心酸的爸爸,我点头答应了。

那天晚上,在工地附近一个大排档里爸爸要了好多啤酒和小菜,按照他的吩咐,我恭恭敬敬地给各位叔叔、大爷敬酒。大家都特羡慕地看着我们父女,一瞬间,矮小的爸爸好像一下子变得很高很高。他用一种我从来没见过的豪气大碗喝酒,不一会儿就喝高了。喝高的他,拉着我的手，"啪嗒啪嗒"地掉眼泪："闺女，你可给爸爸争了一口气。"

我的眼圈也有点发红。工友们七嘴八舌地让我以后要孝顺爸爸，从他们嘴里我才知道，这个小个子男人为了我和弟弟的学费，别人不愿干的事他干，别人觉得危险的活儿，他二话不说冲上去。

酒宴散了，工友们三三两两地回去了，爸爸歪歪斜斜地领我去早就定好的旅店，他再三检查床铺是否舒服。我让他歪在床上歇一下时，他"嘿嘿"笑着摆手拒绝。"不，爸爸身上脏……"我佯怒着把爸爸推进卫生间，等他出来时，换上了我在小店给他买的干净的背心短裤。爸爸小心地躺在床铺上，说是歇一小会儿，可不到十分钟就鼾声如雷。我蹲在卫生间洗父亲换下的衣服，水换了一次又一次，那两件衣服上的尘土，好像永远都洗不净。

午夜了，整个世界都静下来，我悄悄坐在床边，看着酣睡的爸爸。那一刻，他像个纯净的婴儿，眉头舒展，睡梦中带着笑意……

阅读感悟

父亲虽矮小瘦弱，却倾其所有为"我"撑起了一片爱的晴空。

父爱地图

找到那个地方,在父亲看来,就是找到了弟弟。

父母家的墙上,挂着一张河北省地图。

原来地图是山西省的,后来变成了山东,这张河北省地图又是新换的。

经常看见父亲戴着老花镜,站在地图前,手指头戳戳点点,在地图上寻找着什么。

我是个粗心之人,不曾想过父亲这是在干啥。他是个文化人,我以为他看地图是爱好,关注地理而已,不会有什么特殊意思。

星期天,去父母家,父亲又站在地图前看,手指在地图上划到一个地方后停下来,喃喃自语:"到了,应该到了,现在应该跟刘老板谈上了。"

我不解地问:"爸,你在说什么?"

父亲好像没听见。

母亲接过了话茬儿:"他是在说老四呢,老四今天去青县了。"

噢,我明白了。父亲的手指指的一定是青县这个地方,他是说老四现在应该到了那里,并且已经和客户见面了。

老四是我的弟弟,在一家公司做销售工作,经常外出跑市场。现在,他负责河北地区的业务。

"老四什么时候走的?"我问。

"今天早晨7点,坐火车需要两个多小时到青县。"母亲回答。

"去青县干吗?"

"有一个客户有销售意向,老四过去谈了,争取能够把他拉住。"

我看看表,现在是10点多,7点出发,走两个多小时,是9点多,再找到那位客户,应该就是10点多了。怪不得父亲现在站在了地图前,他原来早就在心里计算着时间呢,他计算得是那样细致,那样准确。

顿时,一种感动涌上我心头,为父亲对儿女那深挚的爱。

儿女不论走多远,也走不出父母的心啊!

儿女就像天上的风筝,飞得再高,那根线也永远牵在父母的手上!

此时此刻,再想想那些地图,我都明白了。

弟弟刚进公司时,跑山西市场,父亲的墙上,就因此有了山西地图。

一年后,弟弟又跑山东,父亲墙上取代山西地图的,就是那张山东地图。

又一段时间,弟弟干得很出色,被公司委以河北市场重任,于是父亲墙上的地图又换了,变成河北的了。

以后弟弟肯定还会换地方,父亲墙上的地图,肯定还会跟着变的。

弟弟每次出门,父亲都会打电话,问他在哪,然后就会站在地图前,看半天,从地图上找到那个地方,再告诉母亲。

找到那个地方,在父亲看来,就是找到了弟弟。

我那慈爱的父亲啊!

看着地图前父亲那佝偻瘦弱的背影,我的眼泪流了下来……

阅读感悟

儿子走到哪儿,父亲的牵挂就跟到哪儿。人们常说"儿行千里母担忧",可有几个人知道父亲的心里其实也藏着一张爱的地图呢?

父爱在,奇迹在

◆文/杜振堂

那是个阳光明媚的午后,她骑着自行车去上班。意外毫无征兆地发生了——一辆速度并不很快的小汽车从后面冲了过来,自行车扁了,她飞了出去。那是个普普通通的日子,却要让她和她的家人铭记终生——她和她家人的幸福生活在那一天被彻底改变。

她在医院的重症监护室昏迷着,丈夫来了,儿子来了,公公婆婆来了,亲朋好友来了……最后来的是她的老父亲,一位头发花白、精瘦干练的种地老头。四天四夜,她的眼睛都紧闭着。门外,一大群人就守了四天四夜。医生推开门走出来,大家立即围拢来,满是期盼的眼神,希望医生能够让大家把悬着的心放下。医生摇摇头,说:"我们已经很尽力了,命可以保住,但脑部受伤太重,神智恐怕是无法恢复了。"大家知道这意味着什么,都呆住了,同时都在心里盘算着,今后该怎么办呢?

亲朋好友走了。公公婆婆走了。三个月后,丈夫拉着儿子与种地老头商量:这样毫无知觉地躺着,她是痛苦的,大家也都是痛苦的,不如……老头瞪着血红的眼睛,青筋裸露,咆哮道:"滚!"丈夫拉着儿子真的滚了,再也没有露面。病床前只剩下他孤孤单单的一个人。看着躺在床上大睁着双眼却一动不动的她,泪水无声地从他沟壑纵横的脸上滑落。

从此,照顾她成了他生活的全部。早上起床,用冷水给她擦手擦脚,再用手抱着反复揉搓,然后活动胳膊大腿,按摩全身。做完这一切,他已是大汗淋漓。稍事休息,他用汤勺撬开她的嘴给她喂食。上下午他都坚持给她活动按摩全身各两次,按摩的间隙,要照顾她喝水、吃药,要照顾她大便小便,换洗尿布,……。晚上,给她全身按摩一遍之后才睡觉,夜里还要起床两次,给她翻身、换尿布……做这一切的时候,他都不忘说话与她交流,那神情,那语气,好像她是三个月大的婴儿。

他不明白自己上辈子造了什么孽,上苍要这样惩罚自己。他一烦躁,就躲在医院僻静的一角用拳头狠狠地捶自己的脑袋,这是自己的骨肉啊,一旦放弃了,就再也见不到她了。做父亲的都不能保护孩子,还能指望谁呢? 坚持,坚持,医生都说了,只要坚持下来,会有奇迹发生的。他抹抹眼角的泪水,然后走进病房,微笑着对她说:"爸爸回来了,等着急没有,乖女儿? 来,爸爸给你按摩……"

同病房的病人来了走了,走了来了。每当看到有病人病愈出院,他的脸上就有点失落,眼中流露出期盼。那是个除夕夜,病人几乎都出院回家过年了,平日喧闹的医院一下子沉寂下来,远处有鞭炮和礼花在炸响。他煮了两碗水饺,对她说:"乖女儿,别人都过年了,咱也过年;别人都吃饺子了,咱也吃饺子。猪肉白菜馅的饺子你最爱吃了,今天,爸爸给你煮的就是。"他用汤勺切下来一小块,用嘴吹吹,送到她嘴边。在他的悉心照顾下,喂饭时,她的嘴巴已经自己会张开了,眼珠子也会骨碌骨碌地来回滚动,甚至,某一会儿,她还会"嘿嘿"地傻笑。这一次,她倒没有急切地张开嘴吃饭,她的下巴微微蠕动了两下,上下嘴唇碰了两碰:"爸爸!"含混不清的发音从她的嘴里吐出来,如同天籁。他惊呆了,醒悟过来,丢下饺子,一把抱住了她:"乖女儿,你会叫爸爸了? 你会叫爸爸了!"泪水滚滚而下。

三年之后,他们花光了肇事司机赔偿的 40 多万,不得不回到了他破旧的家中。他用仅余的一点钱给她买了辆轮椅,他坚信她一定能再次站起来。从回到家中的第一天起,他每天都把她抱到轮椅上,怕她摔倒,用绳子把她的上身捆在轮椅的靠背上,再把靠背一点点调高,她的身子也一点点坐直……渐渐地,她的腿能活动了,能收放了,她的胳膊有了知觉,能够轻微活动了……

六年之后,他搀着她已经能够在院子里走上一圈了。得知她的情况,医生连称"奇迹"。得知他和她的故事,记者前去采访。镜头前,他满头银丝，佝偻着背，脸上写满了沧桑。他淡淡地说："没啥，我是她父亲，我总不能眼睁睁地看着她在我的眼皮子底下离开人世吧。任何人都可以远离我的女儿，可我不能，因为我是她的父亲。"

阅读感悟

在一场突如其来的灾难面前，从一位平凡的父亲身上，我们看到了人世间最经得起考验的父爱。

父爱编织的救命绳

◆文/海　天

十来年尝够了四处租房的艰难,她终于有了新居,住进了楼房。住在农村的父母也高兴得很,抽了一天空,特地来瞧一瞧。

有人敲门,是安防盗窗的。父亲不理解:六楼还用上栅栏?她说,"六楼贼也一样上得来。我一个朋友家就住六楼。去年夏天,一个贼爬着别人家的防盗窗一直爬到他家,幸亏及时发现,贼竟像一只壁虎一样敏捷,一会儿便没了踪影。这城里呀,可乱得很,哪像乡下那样太平。"

没过一个星期,父亲又来了。她吃了一惊,以为家里出了什么事。父亲放下手中的塑料袋,端起水杯一饮而尽,抿了抿嘴说:"我和你娘看了新闻,看到一座大楼着火,烧死了不少人呢。你不是准备做铁窗吗,消防员说了,最好在铁窗上留个活门,平时锁着。真有点事,有备无患! 你娘特地让我赶来告诉你这件事。这不,锁我给你买了。"父亲从塑料袋里拎出一把新锁,钥匙亮晶晶的。"另外,我还带了根绳子……"她看着父亲又拎出一条绳子来,"扑哧"一下乐出声来,"哎呀,爸,你们想的可真多……"她觉得很可笑,但看着父亲一本正经的样子,她又把绳子拿起来,放到厨房一个筐里。

一天清晨,她感到格外的呛,格外的闷,不经意地向窗户瞄了一眼,浓烟在滚滚上升,间或有暗红的火舌狞狞着蹿上玻璃窗。她猛地蹿起来喊:"儿子! 儿子快起来,着火了!"丈夫在外做活,常年不在家,家里只有她和儿子两个人。

她凑近南面的窗子,刚想探头看一看,一股热浪就把她逼了回来。她又小心地靠近门,手指刚一触门,就被烫了回来。看来,楼道里的火不小——那里堆放着各家各户装修用的木料。她又跑到北面厨房的窗子边,这边的火势稍微小一点,楼下已经乱成了一团。小区楼洞边堆积着许多准备铺的地砖,消防车也进不来。

儿子惊呆了,靠在她身边瑟瑟发抖。怎么逃出去?她的脑子在迅速地转动。忽然,厨房边那个筐引起她的注意,她迅速抖落出那捆绳子——父亲带给她的绳子。

她用那串亮晶晶的钥匙,打开防盗窗上的活门,再学父亲的样子一挽,打了个结,拽了拽,应该结实。她简要地对儿子讲了逃生的要求后,给儿子戴上一副手套,自己用毛巾把手缠上,抓紧绳子,从小门爬出去。儿子也照着她的样子爬出来。母子俩慢慢向下滑去……

等她落地,从眩晕中睁开眼,发现四楼的邻居——那个瘦老头,伸展胳膊正用一把笤帚努力地把悬着的绳子捞向自己,他的身后是那个胖老太。他们利用这根绳子,也逃向了地面。接着是五楼一家三口也效仿着顺利逃生……

那场大火,烧伤八人,烧死四人!瘦老头和胖老太流着眼泪不停地嘟囔着:"闺女,多亏你这根救命的绳子,它救了七条命呀!"

她还没完全从懵然中醒过来,眼前飘呀摇呀的,是那条用父爱编织的绳子……

阅读感悟

也许很多读者朋友都会像文中的主人公一样,曾对父亲的叮咛嘱咐不屑一顾,但相信今后一定会有那么一个瞬间,你会为自己有一个这样好的父亲而备感自豪。

父爱从未走远

◆文/田秀娟

她8岁时,父母开始闹离婚。她不懂什么是离婚,只记得母亲反复地问她,想跟着谁生活?她说:"我想和爸爸、妈妈一起生活。"

北风呼啸的冬日,姥姥牵着她的手说:"你爸爸被'狐狸精'迷住,不要你们了,咱去法院'过堂'。"

风吹在脸上,像刀割一样,她的眼泪扑簌簌地落下来。小小的心如掉进了冰窖一样,那冷,钻心入肺。多年以后,仍记忆犹新。

法院门口,5岁的弟弟被父亲带走,弟弟在父亲怀里挣扎着大哭,父亲坚持着向前走。弟弟撕心裂肺地哭喊着:"我要妈妈……"母亲流着泪紧跑几步,又呆呆地站住,蹲下身,肩头一耸一耸地哭。这个场景,后来经常出现在她的梦里。

她随母亲生活。母亲常常唉声叹气地问她:"你说,你弟弟能吃饱饭吗?你弟弟的衣服脏了,有人给他洗吗?"然后是一顿痛骂,骂那个"死鬼"父亲。母亲难以忍受思念弟弟的痛苦,托人把弟弟接了回来。

每月的月初,母亲会把她送上公共汽车,让她去向在邻县上班的父亲要生活费。因为他们的户口簿、粮食本还在父亲那儿。

母亲坚决不想和父亲打交道,这个任务就给了8岁的她。母亲反复告诉她,坐车不要和陌生人说话;下了车,要走几个路口才能到父亲的单位。然后画好路线图,装进她的兜里。

坐一个小时的公共汽车,到父亲的单位。见到父亲,父亲笑着伸出胳膊,想抱抱她。她一扭身,不叫爸爸,只说要生活费,买粮食。爸爸把钱数好,装进她的口袋,用针线缝上。然后去粮站买了一袋米、一袋面把她送上车。爸爸也要上车,说是送她回家,她坚决不让。

上了车，她不坐座位，转身，坐在米袋子上。母亲说过，这是三口人的粮食，千万别丢了。回头，父亲还站在路边。她很想像以前一样喊一声爸爸。可是，妈妈说过，爸爸是坏蛋，爸爸不要他们了。她小小的心里装满了仇恨。

车到站了，妈妈在车站等她。妈妈用自行车驮着米面，她在后面扶着，无意中回头的一瞬间，她发现爸爸从另一辆车上下来，向这边张望。她说："妈，快点走。"

带着弟弟，去妈妈上班的工厂玩。一个胖胖的厨子喊他们过去，拿出两个热腾腾的肉包子，喊着弟弟的小名，说："叫爸爸，给你吃肉包子。"弟弟盯着肉包子，脆脆地喊了一声爸爸，伸手去拿。她一巴掌打在弟弟的手上，包子滚落在地上，弟弟哇哇大哭。她狠狠地瞪了胖子一眼，拉起弟弟的手，说："走，咱们回家！"回到家，她趴在床上痛哭。她恨透了她那个"死鬼"爸爸，这一切都是他造成的。

她一天天长大。父亲经常托人来说情，要求探视，母亲或拒绝，或带他们躲出去，让父亲扑个空。邻居说，孩子他爸在门口等了一天。母亲淡淡地说，活该。她的心里会产生一种报复之后的快感。

她上大学，毕业后参加工作，已出落成一个漂亮的大姑娘。有一天，同事说，有一个老头总在门外偷着看你，躲躲闪闪地不敢正视你。那人是不是精神有问题呀？她知道，那人准是她的父亲。她忽然觉得他挺可怜的，她听别人说起过，父亲退休后，一个人在老家居住。

她结婚时，父亲托了很多人说情，要来参加她的婚礼。母亲说，有我没他，有他没我。他参加，我不参加。来人叹口气，拿出了一个红包，说："这是他给闺女的一点心意，不要再拒绝了。"打开，里面是两万块钱。母亲第一次没有拒绝。

她刚刚学会开车，还不太熟练。下班时，突然下起了暴雨，老公在外地出差，她只好小心翼翼地发动车，低速行驶。从后视镜中，她发现，一个低着头骑自行车的人一直跟在她的车后面，艰难地在暴雨中骑行。

直到她的车驶入小区，那人停住，以雕塑一般的姿势，无声无息地看着她的车。

停下车，转过身，仔细看了一眼，是他！他浑身湿透了，湿漉漉的衣服紧贴在瘦弱的身体上，像一片在风中飘零的树叶，瑟瑟发抖。她的心一下子被什么击中了，猛地一抖，"爸！"她喊出了那个在心里憋了二十年的称呼。

原来，父爱从未走远，一直如影随形。转过身，便会看到。

阅读感悟

平凡的父亲，用深沉的父爱将子女层层包围，默默无语，却如影随形。

父爱如伞

◆文/卢　冰

我很小很小的时候,家里穷,全家几口人只有一把伞。那是把油纸伞,宾阳产的,做工很精美;伞纸漆得油亮亮的,边沿上还绘着大朵大朵艳丽的花。在我的眼睛里,它是可望不可即的,因为只有大人才能用伞,我只能仰着小脸,眼巴巴地看着它盛开在父亲或母亲的手里。每到下雨天,我就戴上斗笠,披着块只能遮半身的塑料布,挽高裤脚,踩着雨水吧嗒吧嗒地去上学。而这种简陋的雨具往往抵不过大雨的瓢泼,每每到教室或回到家的我便与落汤鸡无异。

有一年的冬天,阴雨连绵,快放学时雨突然大了。同学们陆续被家人接走了,剩下我孤零零地站在屋檐下,拎着斗笠和塑料布望着雨发呆。母亲走亲戚去了,而父亲其实就在我的教室不远处。他是初中部的教导主任,也是初三的班主任。那时他正在教室里辅导学生,根本顾不上我。记不清那天我是怎样冲进大雨里,又是怎样跌跌撞撞地跑回了家,只记得我又冷又饿,一股湿冷的寒气一直在身体里乱窜,勉强扒上几口冷饭,便蜷缩在木沙发上蒙眬地睡去。

父亲回来时已是深夜,看见我苍白的脸,触摸到我滚烫的额头,父亲吓坏了,他立刻抱起我摸黑跑去医院。我软软地趴在他肩上,压了一天的委屈终于化作泪水倾泻而出,父亲于是更紧地抱着我。

那是我小时候唯一一次发高烧的经历,烧了好几天,把全家人都吓坏了,却因此换回了一把伞。不久,父亲进城参加表彰大会,因为被评为广西壮族自治区优秀班主任,父亲得了一本《现代汉语词典》和一把伞。

那是一把自动伞，橙色的底子上，飞着棕的、蓝的蝴蝶，非常漂亮。80年代初自动伞还是奢侈品，尤其是在农村，父亲却把那伞给了我。我高兴得跳了起来，拿着伞不停地开开合合，那像花儿绽放般的感觉让幼小的我迷恋了很久。父亲坐在一旁静静看着我，脸上流露出无限怜爱的表情。

后来家里的伞渐渐多了，多得可以给客人备用，而我仍是用那把蝴蝶伞，尽管它旧了、折了。上了初中的我不再是个爱奔跑嬉闹的小女孩，而是安静了很多，个子在悄悄地长，头发也悄悄蓄到了腰间，偶尔换一袭长裙立于镜子前，竟也亭亭玉立，如一支夏荷。再撑起那把旧伞时，有些不相称了。我不太在意，觉得伞能用就行了，当同学嗤笑时我也是默默无语。父亲却看在了眼里，记在心上。生日时父亲用一把新的粉色的碎花伞换下了我手中那"断翅的蝴蝶"。新伞撑开后像一朵细雨中盛开的桃花。"漂亮的伞才配我漂亮的女儿，莫辜负了青春好时光。"父亲的话虽简单，却意味深长。

后来我撑着桃花伞上了重点高中，父亲又送我一把紫色的伞，再后来高考到了……

那一年的夏天对我来说，太阳异常猛烈，雨水特别丰沛。我整天蜷在屋子里，消极而沉默。父亲也很沉默，不停往外跑，拼命找关系赔笑脸，只为争取一个本科专业的名额给我。可是，一个在乡村里待了二十多年的教师能找到什么门道呢？最后父亲无奈地看着我，要我作决定：是委曲求全读专科，还是复读一年从头再来？我低着头沉默了很久，怎么也接受不了高分落榜的事实，心里堵得慌，一下子不知道说什么好，突然冲动地扭头就跑出家门。外面大雨倾盆，雨水劈头盖脸地打在脸上、手上、身上。疼，却远远比不上心里的痛。我的泪在酝酿了差不多一个暑假之后，终于和着这雨水滂沱而下。

哭过之后，我心情平静了许多，抬头看看前方，才知道自己已经走得很远了，于是转身回家。

　　等我换好衣服回到客厅时，惊讶地看见父亲一身水地进了家门，手里还拎着一把伞！父亲没作任何解释，自顾进了房间。后来我才从母亲那里得知，当时我一言不发的样子吓坏了父亲，他立刻拿了把伞追我，生怕我出事。为了能让我好好地宣泄出心中的痛苦，不受干扰，他居然连伞都不打，躲在一边，远远地跟着我。

　　在我回校复读的那天，父亲帮我装好了所有行李，还特地从柜子里拿出了一把新伞，天蓝色的，我最喜欢的颜色。"孩子，人生难免有风雨，躲避不了的就要勇敢面对。一次失败算什么呢？跌倒了就再爬起来。我很高兴你选择了复读，说明我的女儿有勇气有信心去再次拼搏，明年的今日你一定可以跨进大学校门，爸爸相信你，也永远支持你。"不善于用语言表达情感的父亲第一次写信给我，信夹在伞套里。父亲的字苍劲有力，每个字都透出他对女儿深沉的爱。放下信纸，我默默打开伞，倏地一下，一片蓝盈盈的天立刻呈现在我面前。我心里立刻温暖起来，我知道就算下再大的雨，撑起父亲的伞，我的头顶依然是一片蔚蓝的天空。

　　时光荏苒，我撑着父亲的伞走出了广西，又撑着自己的伞回到了家乡。因为父亲的缘故，我自己也喜欢买伞，也喜欢送给别人。"五一"放假回家，母亲叫我跟她去赶圩，我说："等一下，我去拿伞，外面太阳这么大，你和宝宝会被晒坏的。"母亲哈哈笑起来："你那把伞肯定没这个好用。"说完从楼梯间拿出了一把枣红色的大伞，一撑开，把我吓了一跳！那把伞大得可以容纳四五个人，几乎是我的伞的两倍。这时母亲得意地说："这是你爸买的，宝宝和我上街的专用伞，再大的太阳也不怕了。"

　　望着怀里的宝宝欢天喜地地伸出小手想抓伞的样子，我不禁笑了。

　　在我眼里，父亲是一把伞，二十多年来一直为我挡风遮雨，默默张开臂膀庇佑着我成长。在我心中，父爱也是一把伞，含蓄而无私，跟随在我身边，随时在我需要时第一时间撑起一片晴空，而且绵长无尽，并将这份默默的爱延续到了下一代……

阅读感悟

　　父爱如山，深沉伟岸，儿女站在大山的肩上看到了更精彩的世界；父爱如伞，含蓄无私，随时为儿女撑起一片爱的晴空，绵长无尽。

影集中积攒的父爱

◆文/濮存昕

2008年10月份,全家人为父亲庆贺82岁的生日时,他心情爽朗,拿出自己的影集一页页翻给大家看。平日里,父亲不会随便拿出影集给旁人看,我们姐弟仨也没有时间翻阅这些老照片,谁也说不上有什么特别的印象。但这一回,细心的妻子惊觉道:"父亲的影集里几乎全是你们姐弟仨的照片,他的照片只是和你们的合影!"

我仔细翻阅起父亲的影集来。父亲苏民是北京人民艺术剧院(以下简称"北京人艺")的著名演员和导演,1952年北京人艺一成立,他便成为第一代演员。他有过无数闪光的舞台形象,也培养出梁冠华、王姬、宋丹丹、徐帆等许多优秀的演员,然而影集里却没有这些夺目的光影画面。影集里,插满了我们姐弟仨从小到大的成长片段,每个人的照片都单独成页,旁边还贴有父亲工整的隶书钢笔字备忘注解。这些陌生的老照片,仿佛让我坐上当年从北京上山下乡奔赴东北的列车,记忆如轮般跟着飞驰起来……

我小时候患过小儿麻痹症,经治疗留下了脚后跟不能着地的后遗症,直到小学三年级父亲带我去医院做脚弓整形手术。此后相当长的恢复期里,我一直是拄着拐杖走路,时间一长,有病的那条腿比好腿细。父亲不仅每天傍晚陪我在院子里玩"跳皮筋""跳房子"等女孩子的游戏以锻炼腿力,还时常劝慰我:"亏得你脚有病,否则不定狂成什么样。因为其他条件比较好,你肯定会受宠的;偏偏有这点缺陷,所以还有点儿自卑,挺好。"

在父爱的搀扶下，我走过了童年；也是在父亲的不间断陪练下，我的腿奇迹般康复了。16岁时，我踏上北上的列车，一头扎进了黑龙江广阔的黑土地，一待8年。初到东北，因为没有帐篷，我们竟在树林里过夜。等一觉醒来，我忽然觉得自己眼睛都睁不开了，原来眼睫毛已冻结起来了。这时，我才意识到生存环境的恶劣，内心深处开始涌动出一丝对未来的茫然。父亲听说我在农场的主要工作是放马，便让我照一张骑马的相片寄回家。

因为从小随父亲在北京人艺的舞台上浸染，我笃信适合我走的道路就是从艺。我利用农闲时节为宣传队编排《海港》《红灯记》，并积极投入到演出中去。1977年，我结束了黑龙江的知青生活，返回北京。凭借在农场时不间断的曲艺排演功底，我考入了空政话剧团。

在我和父亲的合影中，颇有纪念意义的一张是1986年我从空政话剧团借调到父亲所在的北京人艺排演话剧《秦皇父子》时的合影。当时，我回到从小生活的北京人艺大院上班，父亲顶着极大压力。在那个年代，北京人艺人才济济，居然要从外团借调我这个年轻演员出演人艺大戏的主角，确实很难想象。很多人在背后议论我们父子俩，但父亲很自信地向同事介绍："小濮是个优秀演员！"1989年北京人艺排演第二版《雷雨》时，我终于接过父亲的班，饰演了第二代周萍。我们父子俩的事业，通过"周萍"这个角色薪火相传了。是父亲怡然平和的心态影响了我，年轻气盛的我顶着父亲光环带来的诸多压力，一直在演艺路上前行不辍。

在我眼里，父亲是那种对生活没有要求的人：我做的饭煳了，他仍说"好吃好吃"；到现在，他和母亲还住在单位分的58平方米的福利房里……去年，我们父子俩在中国话剧诞生100年纪念大会上再度并肩合影。这一次，我拿了一个特殊贡献奖，而父亲这位北京人艺的老前辈却在30人的"国家有突出贡献话剧艺术家"名单里、80人的"文化部优秀话剧艺术工作者"名单里都榜上无名。母亲都替父亲鸣不平："太滑稽了,有你儿子却没有你!"父亲却一笑说:"我没有拿奖,但给人颁奖,很好了!"

阅读感悟

　　尽管作者的父亲有过辉煌的艺术生涯,但他最珍视的记忆却都是关于子女的。影集中积攒的不仅是一张张照片,还有一缕缕温情。

行走的父爱

◆文/木　木

因为工作忙，我已经很长时间没有回母亲家了。

那天，我开车去一个村庄采访，结束时已近黄昏，晚上又有朋友约着吃饭。走到一条僻静的沙石路，远远的，我看见一个矮小的身影在前面跛行着。近了，看清是一位老人，佝偻着腰，拄一根拐杖，走起来十分吃力。我摇下车窗，说，大爷，你去哪儿，要不要我捎你一程？

老人满是皱纹的脸上显得很感激。我扶他在后座上坐下。老人说他是去看女儿的，从昨天早晨一直走到现在，也不知怎么回事，这路走起来就这么长，昨晚，他就在一间破屋底下蹲了一夜。

我有些惊讶，他女儿的村子跟老人走的方向完全相反。我大声说，大爷，您是迷路了，这样走下去，再走十天也到不了你女儿住的那个村。

老人眯缝着眼，微微地笑着，不住地说着感谢话。

我说，你女儿家没有电话吗，怎么不叫她来接你呢？你这么大年纪，真走丢了可怎么办哪。

这一问不打紧，老人眼窝里噙满了泪。他说女儿病了，家里的人都瞒着他。他一共有六儿一女，女儿最孝顺，每半个月必定回来看他跟老伴一次。这次两个月没回来了，他生了疑，后来就偷着听孩子们说话，知道女儿查出得了那种不好的病。

他说的不好的病我知道，就是癌症。

他怕女儿突然死去，见不到女儿一面，所以就瞒着家人跑出来了，谁知却迷了路。

我不由得一阵唏嘘，说，大爷，你这么一声不响地走了，家里人着急呢，你知道家里的电话吗，我先跟他们说一声。他摇了摇头。

一个小时后，我们顺利找到了他女儿家。老人一下车，扔掉拐杖就向女儿跑过去，一把抱住她，老泪纵横。其实五十多岁的她看上去气色还好。女儿一边抚着他的肩膀，一边疑惑地问我是怎么回事，你怎么把他送到这里的？我家里出了什么事吗？

我把事情的原委简单解释一下，说，你爸为了来看你，走了两天，昨晚还在一间破屋底下蹲了一夜呢。

女人听了，顾不上谢我，抱住老人的肩膀，失声痛哭，说，爸爸，我没事，真的没事，你来家，我给你看病历，医生说只要动个小手术，就没事了，真的爸爸，我没有骗你……

老人不信，推开女儿，左看看，右看看，哽咽着说不出话。边上围过来几个人，也上前劝慰老人，帮着女儿解释。

我眼睛不觉湿润了，拿出手机，跟朋友辞掉了约会，拨通了电话："妈妈，是我，你在家等我，一会儿我回去看你跟我爸。"

无论我们年龄有多么老，父母都会把我们当孩子，天天惦念着身体好不好，生活过得怎么样，近来没回家是不是有什么事情了。可是我们又有多少时候在想着父母呢？你有多久没打电话了？多久没回家看望他们？他们生活怎么样？孤不孤独？放下你的那些忙碌，抽空回家看看吧，就像这位老伯不顾安危去看望女儿一样。

阅读感悟

虽然父亲一天天老去，记忆力严重减退甚至迷了路，可对儿女的牵挂之情却始终如一，永不搁浅。

父爱至暖

◆文/朱胜喜

这天，天气异常寒冷，一个卖煤球的汉子推着一车煤球来到一个小区。很快，生意就来了，有个年轻人让汉子把煤球送到家里。

汉子乐呵呵地把煤球搬进了年轻人的家里，年轻人递过煤球钱，汉子在贴身口袋里摸索着寻找零钱。这时，年轻人发现，汉子的口袋看上去鼓鼓囊囊的，年轻人便好心提醒道："师傅，把口袋里的钱放好，小心辛苦钱掉出来。"

汉子一听，不好意思地从贴身衣服里摸出一双鞋垫和一双袜子，看上去湿乎乎的。年轻人诧异地问："为什么要将这么潮湿的东西放在自己的贴身处？"

汉子憨厚地一笑说，他的儿子有一双汗脚，每天都得换袜子和鞋垫，这几天天气潮湿，清洗的袜子和鞋垫不易晾干，家里也没有取暖的设备可以烘干，所以他就想了个法子：他天天出力气拉煤车，身上热乎，把袜子和鞋垫揣在身上，就比较容易干了。

年轻人听完，感动得眼眶发热。是啊，这个冬天再怎么寒冷，有了父亲无微不至的关怀，孩子定会感到温暖无比！

阅读感悟

看似平凡的小事中折射出的是不平凡的父爱。

父　亲

◆文/张枫霞

　　虽然我是家里唯一的女孩，然而，父亲好像从来没有对我显出特别的喜欢来。等到上了初中，看到别人的父亲殷殷地关怀女儿，心里便有了比较，认为我这只知道春耕秋收的农民父亲不懂得什么叫"爱"。

　　小学和初中在父亲的不经意间过去了，我的上学和放学就像他的出工和收工一样，只是顺其自然的事。他不关心我的学习亦如我不关心他的收成。学习和收成之间原本就没有太大的联系。

　　可是，我考上了县一中，这就意味着父亲大半年的收成都得被我一个人吃掉。母亲望着已不年轻的父亲幽幽地说："要不，别让妮子上了？"父亲脸上刀刻似的皱纹突然生动地一跳："哪能！儿子娶媳妇花的钱比妮子上学花的钱多多了，咱们不能太偏心。"就为这一句话，我第一次被感动了。

　　在一个骄阳似火的夏日，父亲一头挑着我的行李，一头挑着一筐桃子，送我去上学。我跟在父亲身后，望着颤悠悠的扁担和父亲那被扁担磨出老趼的双肩，我又一次被感动了。我在心里默默发誓：不学出个样子来，无颜面对父亲。等翻过两座山，骄阳更加炽烈，找到一块小树荫劝父亲休息一会儿。我随手抓起两个桃子，还不及放到嘴里，便被父亲劈手夺去。他瞪我一眼，说："这是卖的，有你吃的。"说着，他从兜里掏出几个歪裂的小桃子，在衣服上蹭了蹭递给我："这不一样吃吗？"停了停又说："住校可不比在家里，动一动就得花钱，饭可以吃差点，但一定得吃饱。星期天不要往回跑，家里也不指望你干活，钱和干粮我会给你送去的。"接着，他自个儿笑了："没想到俺妮子还挺聪明的，比你两个哥哥强多了。我寻思把桃园好好侍弄侍弄，兴许能挣几个钱。你要有本事啊，考个大学让爹光荣光荣。"这是父亲对我说得最多的一次,看得出他的心里非常高兴。

到了学校门口,父亲让我一个人进去,他则去卖那筐桃子。等报到完去城里找他。父亲走后,我想,他肯定是饿着肚子走的,翻山越岭,还得走十里地啊!

三年高中,我真的很少回家。父亲总是隔三差五地给我送干粮和桃子,当然都是些歪七裂八的卖不出去的小桃子。冬天天短,父亲每次来得起大早,见到我,往往是胡须上结了一层白霜,掏出母亲烙的白面饼,硬邦邦的全是冰棱碴儿。中午,我们爷俩把饼泡在开水里,就着父亲带来的咸菜,吃得有滋有味。夏日,父亲捎带着卖桃,二十里的山路把父亲的脸膛晒成了绛紫色。赶到学校已近中午,我把早已凉好的白开水递过去,父亲一口气就喝了一大缸子。父亲向来都是当天来当天走,三年里,他走了相当于过去几十年走过的路程。我对父亲的情和爱也在这三年里变得缠绵与圣洁起来。

三年后,我由县城读到了省城,甬说父亲的大半年收成,就是他的全部收成也难以应付我的高额学费了。父亲说:"不要紧,先到处借借。不就是四年吗?我用六年的时间,六年不行十年,赶我死之前怎么也能把它还清。"我无言,只是在心里对父亲说:我决不会让您用六年十年的时间去还债的,您就等着我慢慢地还您的债吧。

和三年前一样,父亲挑着行李送我上学,所不同的是这天不是骄阳似火,而是淫雨霏霏。火车上父亲递给我的桃子又红又大,我倒有些不习惯,怪他过于奢侈。"你都成大学生了,吃个好桃子,配!"父亲说道,并且不停地催促我快吃。我双手捧着桃子,一口一口咽下去的却是父亲的心意啊!

安排好住宿已经很晚了,我要送父亲到学校的招待所住下,他说什么也要自己去。他说他怕我回来找不到自个儿的宿舍,我知道,那样父亲一夜都不会安心的。所以,也只好随他去了。下过雨后,气温骤然下降了许多,再加上一天的颠簸,我实在是太累了,躺在床上不一会儿就进入了甜蜜的梦乡。突然,辅导员刘老师把我叫醒,她说,我父亲为了省15元的住宿费,竟然睡在外面的水泥乒乓球台上。此刻,即使是铁石心肠的人也会被感动。我飞跑至乒乓球台边,抱住他,哭着求他:"为了我,爸爸,请您爱惜自己。"宿舍的七姐妹齐刷刷地站在我的身后,哽咽着对我父亲说:"就住在我们宿舍吧,我们可以两个人睡一张床。"

"可是你们这是女生宿舍呀!"刘老师还很年轻,和其他人一样,眼里已经噙满了泪水。"那又有什么? 他是父亲。"大家异口同声地说。

是啊,他是父亲,他是勤劳又朴实的农民父亲!

阅读感悟

这是一篇感人至深的文章,它带给我们的感悟与启示是:父爱是深沉的,是发自心底的无怨无悔的付出,它像一坛陈年老酒,历经岁月的风雨愈加香醇。父爱不仅让我们感受到生命的力量,获得生活的信心,还能给予我们无尽的温暖。

最后的父爱

◆文/马孝军

那年,何天明的父亲被诊断为癌症晚期。他没日没夜地守在父亲床前,寸步不离。

一天,父亲对他说:"娃,我的烟抽完了,你去给爸买两包来吧。"

母亲给了他十元钱,他撒开腿就往乡里跑。路不好走,坑坑洼洼的,但他不怕,他心里想着,一定要把烟买回来!自打父亲被诊断为不治之症后,烟就成了父亲的全部了——父亲就靠烟来减轻痛苦!

父亲这辈子太辛苦了。生病前,父亲是杀猪的,每天早上三四点钟就要起来,把猪刮好洗净后,背到乡里去卖。有时候一个场上卖不完,父亲就背着四乡八里地去转。父亲的脚上经常有几个大大的水泡,有时母亲端水给父亲洗脚,看见那些水泡,都情不自禁地低声啜泣起来。

一个多小时后,何天明跑到了乡里卖烟的铺子。他把平日里上山摘野蘑菇卖的钱拿了出来,加上母亲给的十元钱,能给父亲买两包好烟,让他老人家"临走"时好好地抽上一口了。

买好了烟,他急忙往回赶。一路上,他都在想,父亲看到自己懂事了,该多高兴啊!

一个多小时后,他到了家。这时的他却看见,家里已经忙得不可开交了,一口棺材骇然摆在堂屋正中。

他意识到了什么,跌跌撞撞地扑进屋去:"爸,你为什么不等等我呀?你看你儿子,他给你买了你从来都舍不得买的烟呢,是用他摘蘑菇的钱添上去买的!"

眼睛红红的母亲拉住了他,说:"娃,你爸知道大限到了,你爸是个杀猪的,听说杀猪的人死的时候都挺惨,要七窍流血,还要像猪一样叫,你爸怕吓着你,就用买烟支走了你。"

"爸——"他悲痛的号叫在山野里久久回荡。

阅读感悟

　　为了不让儿子看到自己离世时的"惨状",故意把儿子支开,是这位父亲对儿子最后的疼爱。父亲的想法虽带有迷信色彩,但他尽力呵护儿子的心情着实令人感动。

父爱不曾贫穷

◆文/程　刚

高考过后,同寝室的室友提出挨家转一转,这当然少不了吃和玩。我是寝室里唯一一个家住农村的,所以我家是最后一站。这些天,每到一个同学家,家长都会带我们去饭店摆一桌,然后领我们去唱歌,或是去公园……大家玩得很开心。可我一直在犯愁,我家在农村,家里供我念完高中已债台高筑,别说大摆一顿,就是买点肉都困难,我拿什么来招待同学呢?再说农村也没有什么好玩的地方啊!

我提前回家,告诉父母,有几个同学两天后来我家,并把在每家吃饭、游玩的事和父母说了。父亲在一旁抽闷烟,母亲犯了愁,说把家里的两只鸡杀了,父亲不同意,说城里人不缺这个。我不知道说什么好,只感觉同学来一次,吃得太寒酸,过意不去。父亲掐灭烟,对母亲说,你上他二姑家借50块钱!母亲说,够吗?要不多借点?父亲摇摇头,说够了。

就50块钱?你让大伙吃啥?我到前几个同学家,每次至少花好几百。我对父亲吼,然后冲进了屋……

母亲果然只借了50元。第二天,父亲去了镇上,回来时已天黑,母亲问父亲买些啥?父亲说钱都花完了,然后把东西放在桌上:两斤肉、一打啤酒、一些做菜用的作料,还有一大桶鱼饲料。母亲看后埋怨道,我们是请人,不是喂鱼!父亲却说,你不懂,看我的就行了。接下来的时间里,父亲隔一会就拎着鱼料出去了,不知要干什么。

同学们如期而至,他们没进过山区,一切都很好奇。父亲领着他们在村里转了几圈,突然说小河沟里鱼多,要带大家去淘鱼,同学们立即响应。父亲准备好桶和网,带着他们向河沟走去。山里人都知道,这个时候鱼少,父亲为什么还要带大家去淘鱼呢?我只好带着疑问,硬着头皮跟着。父亲选好了地方,同学们在他的指挥下,纷纷下水砌坝,然后大盆小盆地向外淘水……

同学们都是第一次下河捉鱼,干得很起劲,也很兴奋。可我一直怀着忐忑不安的心情,要是淘了半天,没有多少鱼那可丢人了。没想到的是,随着坝里的水越来越少,呈现出的场面让同学们兴奋不已!这次逮到鱼窝了,鱼密密麻麻铺在水底,我长这么大还是头一次见到。更令人兴奋的是,我们竟然抓到了七只大螃蟹,还有好多足有十厘米长的大土虾,同学们兴奋极了。我低声问父亲,这个地方怎么这多鱼?父亲笑着说,我连续两个晚上没睡,隔一会儿就在这撒点饲料,一桶饲料都扔进去了,不拢点鱼能行吗?原来,父亲买饲料是为了拢鱼啊!

回家后,父亲又挑了一盆小鱼,带上网出去了。一个小时后,父亲拎着两只野鸭回来了,这次我明白了,父亲一定是用小鱼做诱饵了。

这一餐还真丰富,有猪肉、螃蟹、草鱼、大虾、野鸭肉、啤酒,还有一些山里的特色蔬菜,整整摆满了一大桌。同学们纷纷说,这是吃得最香的一次,也是玩得最快乐的一次。

父亲用他的智慧,为同学们准备了一桌丰盛的大餐,也满足了我的虚荣心。我感谢父亲,他用行动告诉我:在这个世界上,你可能贫穷,但因爱而生的智慧却从不曾贫穷。

阅读感悟

爱与亲情是我们在这个世界上最大的财富,那些漠视亲情,不懂得感恩的人,才是最贫穷的人。

父爱在我的名字里

　　我的名字不是父亲取的。父亲是一个地地道道的农民,一个地地道道的文盲。在我满月的时候,父亲特意请来乡里一个挺出名的算命先生。得知我五行缺金,又因为父亲希望我长大有出息,能够跳出穷山村,于是算命先生便给我掐出这样一个名字:金翔。然而,就因为这个名字,我的童年很孤寂——小伙伴们常玩的"打仗"游戏,是不会让我加入其中的,他们会咬文嚼字般地称:金——翔,今天要投降,多不吉利呀! 于是就把我一个人孤零零地晾在一旁。

　　那种感受父亲是顾及不到的。也不知父亲是因没进一天学堂,还是因成天忙于繁重的农活却仍无法脱离贫困,而造成他长年阴沉着脸和暴躁的性情,加上望子成龙心切,便构成他对我独特的管教方式——娃儿的出息是骂出来打出来的! 而我对父亲的恨,也正是在这一次次的领教中,不断加剧加深的,尽管我的学习成绩"应验"了他那句全村闻名的"至理名言"。为此,我时常想,也许就是因为这种现象的"应验",才致使我的整个童年和少年时代都是在父亲的"至理名言"中度过的。

　　所以,接到大学录取通知书的那天,我一口气冲上山顶,哭了。不是为自己十年寒窗成为全村羡慕的第一个大学生,而是为自己终于可以脱离父亲的管制……

　　在省城念书的前两年,我没有回过一次家,没有认真给父亲写过一封信,就连每次收到他托人寄来的生活费,我也只是应付性地写上"钱已收到,勿挂念"的类似短语。直到大三那年,父亲托人给我写来一封长信时,我的灵魂和良知才受到了一次强烈的震动,我才开始懂得该如何去咀嚼和阅读自己生命中一再仇恨的那份沉重的父爱。

信是父亲找上初中的小侄子写来的，没什么要紧事，只是问我好不好而已。可信写了满满几页纸，只因小侄子详细地讲明父亲来信的原因，说是父亲那晚做了一个梦，梦见自己吃馍，拿起来刚咬一口，两颗大牙就莫名其妙地没了，一看，馍上一片血红，牙都粘在上面……惊醒之后，父亲便再也睡不着了。于是天刚亮就找小侄子写信。而这一切，仅仅因为老家流传着一种说法，说是梦见大牙掉是要死亲人的，父亲首先想到的是他离家在外求学的儿子。

读到这里，我对迷信的父亲的举动嗤之以鼻，甚至愤然。最后，小侄子讲了一个令他惊讶不解的事，说他就在铺开纸，提笔欲写时，却因一时记不起我的名字而顿住了，结果遭到父亲的训斥："亏你狗崽子还念了这么多书，记性也恁赖，叫——金翔！""金——祥。"于是小侄子一边念叨一边写在纸上。"写错了！写错了!"父亲望着他刚写下的名字大声喊道，紧接着，从他手里夺过笔，在纸上硬邦邦地写下"金翔"两个字后，讷讷地告诉他："我这一辈子只识这两个字!"小侄子说他当时惊讶得说不出话来，他说，要知道，全村人都知道二爷他老人家一字不识，包括他自己的名字呀！

我禁不住泪流满面……

阅读感悟

多少年来，"我"从未在性情暴躁的父亲身上感受到一丝温情，却不知道，原来自己名字的每一个笔画，都被浓浓的父爱无声地浸润着……

父亲的爱有多长

◆文/卫宣利

一

她对父亲的记忆，是从 5 岁开始的。那天晚上，父亲和母亲吵架，她被吵醒，睡眼惺忪地从自己的卧室里走出来，迎面飞来一只杯子，"啪"地一声，打在她的额角上，鲜红的血，顺着眼睛流下来。她还没哭，母亲已经吓得大哭起来，父亲也慌了，愣了片刻，才醒悟过来，慌忙地抱起她往医院跑。医院离家，大约有十几公里的路程。父亲一路飞奔，不断地有水珠落在她的脸上。他不停地叫她的名字，声音温柔而急切。她故意不理他，身体软软地瘫在他温暖的怀里。他急了，丫丫你别吓我啊！她猛地用手攀住他的脖子，附在他耳边轻声说："爸爸，以后别再和妈妈吵架好吗？"

父亲笑了，笑着又哭了，他说："丫丫，以后不许再吓爸爸……"声音有些哽咽，把她搂得更紧了。

那以后，他果然再没和母亲吵过架。

那年，她 5 岁，父亲 35 岁。

二

进入青春期，她长成一个亭亭玉立的姑娘，课桌的抽屉里常常有男孩子偷偷放进去的纸条。那一天，她慌慌张张地拿起书包上学，书包带突然断了，书本洒落了一地。父亲蹲在地上帮她捡书，一张纸条悠悠地从书里掉出来，上面写着："星期天一起去郊游，我等你。"纸条的主人，是她一直暗恋的男生。

父亲将纸条拿在手里，看了又看。她脸红心跳，低眉垂眼不敢看他。父亲什么也没说，将纸条折叠好，重新夹进去。

星期天，她骑车跑了二十多公里，到郊外和那个男生会合。路上，天突然变了，雷鸣电闪，暴雨如注。她冒雨赶到约好的地点，却空无一人。一个人站在荒郊野外，满怀的热情被雨水一点点浸湿，失望和恐惧交织在一起，终于忍不住哭了。却突然听到一个熟悉的声音："丫丫别怕，爸爸来了。"

那以后她再也没对学校的男生动过心，她发誓，以后找男朋友，一定要找父亲这样高大俊伟、坚实可靠的男人。

那年，她14岁，父亲44岁。

三

那年夏天，她考上了县重点高中，父亲很高兴，带着她去参加面试。考短跑时，因为事先没有作准备，她穿了一双破旧的凉鞋，没跑几步，鞋的后带就断了。鞋子猝不及防中被远远地甩到跑道上，她看着那只鞋，忽然觉得好笑，站在跑道上傻笑不止。

她的体育得了"零"分，老师的理由是：态度极不严肃。

她再也笑不出来了，要知道，体育成绩不合格，文化课分数再高，学校也不会录取的。她泪眼蒙蒙地在人群中找父亲，却怎么也找不到。正在万分懊悔时，父亲满头大汗地跑来了，手上拿着一双崭新的球鞋。他把鞋塞到她的手上，急急地说："我去找老师说说，让你再补考一次！"

她坐在地上换鞋,看到父亲疾步穿过人群,挤到老师的考桌前,弯着腰,低着头,焦急地说着什么,她隐约听到老师的呵斥声。那是 8 月底的一天,中午的太阳热烈如火,她在远处默默地望着炙热的阳光下躬身低头的父亲,想象着他正满脸堆笑无比谦恭地替她赔罪,心里忽然一阵疼痛……

父亲终于要来她的补考资格,当他乐颠颠地跑过来告诉她时,她已是泪流满面。

下午的补考,她以全年级第一的成绩过关。

那年,她 16 岁,父亲 46 岁。

四

高二的暑假,和同学一起去玩。路上,她坐的那辆车和另一辆车相撞。父亲赶到医院时,她已经躺在手术室。手术清醒后再见到父亲,她几乎认不出他,面容苍老而憔悴,眼角和嘴角一直在剧烈地跳动,一头黑发全成了苍灰色,高大的身躯突然间也佝偻起来。一夜之间,父亲老了十几岁。

医生断定她以后的日子将在床上度过,父亲没敢把这个结果告诉她,自己在医院的厕所里抱着她的鞋号啕大哭,铁骨铮铮的他,完全像个无助的孩子。他在她床前整整守了 3 个月,给她翻身,喂她吃饭。他背她到三楼扎针,到五楼检查,一步一步,汗水湿透衣衫。

几个月后,他发现她腿上的肌肉开始萎缩。他终于不顾医生的告诫,执拗地要为她穿上鞋让她下地。他说:"丫丫,咱不能就这样认命,你得站起来!"他慢慢地把她移到床边,和母亲一人扶一只胳膊,努力地想要让她站起来。可她瘫软的双腿根本就不听使唤,她的身体不停地打颤,豆大的汗珠从脸上滴落下来,他们也累得气喘吁吁。父亲坚持不肯放弃,结果他摔倒在地上,她也重重地跌倒在他的身上。

她终于绝望,伏在他的身上歇斯底里地痛哭起来。

他长叹一声,老泪纵横……

那年,她17岁,父亲47岁。

五

她的脾气变得格外暴躁,不过是妹妹穿了她以前穿过的裙子,她便不依不饶,掀翻桌子,操起一个酒瓶便往她身上砸。父亲把妹妹挡在身后,酒瓶结结实实地砸在他的胳膊上,锋利的玻璃片划破了他的胳膊,血一下就流了出来。父亲的手高高抬起,巴掌似乎要落到她的脸上。她闭上眼睛,歇斯底里地喊:"打吧打吧,打死才好……我这样活着还有什么意思?……"他的巴掌并没有落下来,脚狠狠跺了一下,冲她怒吼:"你还要闹到什么时候?你瞧你那点儿出息……"

那天晚上她辗转不眠,父亲在窗外拉了一夜的二胡,他把所有的愁绪都融进了曲子里,把二胡拉得凄切苍凉。她在父亲的哀伤里愧然落泪,她分明看到一颗被辜负了的父亲的心,在汩汩地向外淌血。

第二天吃早饭的时候,她对父亲说:"爸,到图书馆给我办个借书证吧。"父亲看着她,眼角和嘴角的肌肉又剧烈地跳动起来。他的手明显地颤抖了一下,夹的菜掉在了桌子上。

那年,她19岁,父亲49岁。

六

她的第一篇文章,发表在市报上。父亲跑到报摊上,买光了当天所有的报纸,然后傻呵呵站在街上,见人就发一份,重复着一句话:"今天的报纸上,有我女儿的文章。"她远远地看着,泪水一次次迷蒙了双眼。她在心里一遍遍地对父亲说:"爸爸,我没有让你失望。"

那天父亲做了一桌的好菜,他还喝了酒。那是她病后父亲第一次喝酒,他醉了。醉意中,父亲抓住她的手,语无伦次地说:"丫丫,你是爸爸的骄傲……你不知道,爸当初有多担心你……"他趴在桌子上,像个孩子似的,"呜呜"哭了。

她用手轻轻抚过父亲满头的银发,那每一根发丝上,都写着他的煎熬和挣扎,担忧与呵护。她的泪水潸然而下。

那年,她23岁,父亲53岁。

七

她恋爱了。对方是个中学教师,有短暂婚龄,脾气很好,人也细心。父亲看着那个男人给她洗脸梳头,给她买书买零食,背她上下楼……这才放心地把轮椅交到他的手上。有一次,她听见父亲和别人说话,我那丫头,谈的男朋友是个老师,教数学的,他们俩一文一理,也蛮合拍……口气里有炫耀的意思。

结婚那天,按习俗,她应该由父亲抱上车的,她还想给他磕个头,认认真真跟他说一声:"爸,我走了。"可她却到处找不到父亲。

婚车从父亲给她折过白玉兰的小花坛旁经过,她突然看见父亲正在台阶上蹲着,目光空洞地看着来往的车辆和行人,手在脸上抹了一下,很快又抹了一下,像是在擦泪。车走得很快,她不断地回头看着那个越来越远、越来越小的身影,泪一滴滴落在洁白的婚纱上。

那年,她26岁,父亲56岁。

八

结婚第二年,她怀孕了。她的身体状况,是不允许生孩子的,丈夫和母亲轮番劝说她,她不为所动。父亲便住在她家里,买了书,一天到晚研究怎样吃对她好,吃什么对孩子好。8个月,她被父亲养得面色红润,娇美如花。

将近预产期了,有一天晚上她突然心烦意乱,2点多起来去书房,打开客厅的灯,猛然发现父亲正在沙发上坐着。看见她,父亲紧张地问:"是不是不舒服?要不要去医院?"她看见茶几上的烟缸里满满的都是烟头,父亲笑笑说:"反正也睡不着,怕你有事情……"

临产,医生说要剖腹产,让丈夫在手术单上签字,父亲一再叮嘱:"如有意外,一定保大人。"那天夜里,父亲说什么也不肯回去,他在病房外面的长椅上坐了一夜。凌晨3点,终于听到孩子响亮的哭声,护士出来说:"是个女孩儿,母女平安。"他激动地在走廊里搓着手来回地走,却只走了两圈,就晕倒了。

醒来后医生埋怨他,这么大年龄了,血压还这么高,跟着折腾什么?他却拉住医生问:"我女儿,她怎么样了?"

那年,她28岁,父亲58岁。

九

爱一个人,究竟能爱多长?张小娴说:"我们能够爱一个人比他的生命更长久,却不可能比自己的生命更长久。我们爱的人死了,我们仍然能够永远爱他,但是只能够爱到我们自己生命终结的时候。"

可她却想说,有一种爱,会比他的生命更长久。哪怕有一天,他的生命已经终结,他的宠爱和心疼,仍会长长久久地伴她一生——那是世界上最深沉博大的父爱。

阅读感悟

世界上恐怕再也找不出一种情感,会比父爱更深沉、更博大、更长久。

父亲不爱我

◆文/邢　军

　　我怀疑父亲并不是真的爱我。他从来不过问我的冷暖饥饱和学习情况,他所关心的仅仅是庄稼收成好不好,能收多少粮,卖多少钱而已,唯一能想到我的是我什么时候放假回家,该把什么活留给我干。我特害怕回家,但又不得不回,因为父亲从来不把伙食费托人送到学校。

　　还记得高一那年秋季的一个星期天早晨,当我正在读英语时,父亲怒气冲冲地拿着镰刀回来了,他对正在看书的我吼道:"还不下地,麦子都滚到地里了,是不是想去讨饭了,……"只见父亲通红的脸上肌肉激烈地抖动着,瞪大的双眼好像要喷出火来,要不是我跑得快,那镰刀就会把我当麦子割了。我边割着麦子边想:假如有一天真的要离开家,我相信父亲是不会太在乎的,倒是我在乎什么时候才能离开他。这种情绪日日纠缠在我心中,也常常在父亲面前表露出来,父亲于是怒不可遏,他说:"你就该当兵,才能将一身的臭毛病除掉。"

　　当大学录取通知书到来的那一刻,我有种就要解放了的感觉,因为我终于有一个正当的理由走出家门了。父亲对此似乎毫无感觉,他依然做着他的事,连我的行李都懒得看一眼。他的无所谓更让我坚定了"父亲不爱我"的想法!我都怀疑我不是他亲生的!

　　让我没想到的是,临走时父亲竟然要去送我!

　　他穿上多年前自己当兵时的旧军装,戴上镶着红五星的军帽,很小心地用手将衣服上的皱褶捏平了。这是他最体面的衣服了。从没坐过火车的父亲看着我上了车，自己却不肯上来。我也懒得叫他，他穿得实在太寒酸了。坐在靠窗的位置上，我把目光投向车下，只见父亲顺着车厢的头部向尾部寻找着，他矮小的个头在人群中显得更加矮小，若不是那身旧军装，我是断然不能在人群中认出他的。他向车厢张望着，不停地向上跳着看。然后他径直向旁边的灯柱走去，接着又向上爬去。他一手抱着灯柱，双腿盘住，一手遮住刺眼的阳光，向车厢这边张望着。这时他仿佛看到了我，使劲地挥了一下手，一下跳到地上却摔倒了。他爬起来，也没顾上拍打身上的尘土就跑了过来。

父亲踮着脚，头向一边偏着，在送行的人群中来回穿梭着。我不忍心看他那样着急，自己站了起来。他终于看到我了，便使劲地拍打着窗户，嘴里不停地喊着什么，我却一句也听不到。他急得流下了眼泪，我于心不忍，想打开窗户，却发觉窗户竟成了一道屏障，无法打开。我转身准备到车门时，父亲却摇着手让我别动。我只得将耳朵贴在窗户上，隐隐听到："记着按时吃饭，有病了就去医院，别硬撑……"

列车缓缓地开动了，父亲的身影也随着列车跑动起来。列车越来越快，他无奈地停住了脚步，拼命地挥着双手。刹那间，陌生、寂寥、惧怕、迷茫一起涌上心头，我第一次体会泪腺泄洪是什么样的滋味。

多年后，再见父亲，他头上沾满了白雪，沧桑的脸上也爬满了皱纹，但表情仍是那般刚毅。我不解地问他："为什么让我干那么多农活，而不让我学习？"父亲不安地说："我一个人干不过来，你不干收入就少，收入少了你的学费就凑不齐了。再说了，假如你考不上大学还不得回家种田，让你学一点种田的本领，生活也不会落到别人后面。"顿时，我泪如泉涌，原来父亲一直在为我着想，他的"不可理喻"原来是为了"曲线救国"，让我上学，让我掌握生存的技能，而我却是那样地不理解。

亲情从来不需要过多的表白，平时你也许感觉不到它们存在，可在你失意的时候，它会像山一样支撑在你身后；在你最无助的时候，它会像水一样将你环绕……

阅读感悟

古语云："父母之爱子，则为之计深远。"表面上只关心庄稼收成的农民，其实是一位时刻在为儿子的将来做打算的，充满智慧的好父亲。

父亲原来也爱美

◆文/青　衫

　　我大学毕业后留在了外地工作,每次回家看望父母,给父亲的礼物都是一些吃的东西。因为在我的记忆里,父亲对物质生活要求不高,对服装更是不感兴趣,他常年都是一身工作服,不到万不得已决不肯买衣服。直到有一天我才发现,我并不了解父亲。

　　那是我婚后的第一个春节,我和妻子早早就开始计划回家的事宜,关于给老人的礼物,我完全放手由妻子去操办,我相信女人办理这些琐事一定比男人更周到。

　　临出发前的一天,妻子大包小包地进了屋。我一看,都是给我家人买的礼物,妻子一样一样地拿出来给我看,母亲的、父亲的、哥嫂的、弟弟的、大侄儿的,所有的人都照顾到了。在这一大堆礼物中,值得一提的是妻子给父亲买了一件样式新颖的休闲上衣。我拿起来看了看,对她说:"买这个干啥,父亲不喜欢穿。"妻子诧异地看着我:"不会吧?谁不爱美呢!"我说:"既然买了,那就带上吧,父亲要是不高兴,可别怪我。"

　　我说这话是有原因的。记得父亲的一件毛衣磨得不成样子,母亲没经他同意,就花了十九元钱帮他买了一件新毛衣。十九元钱在七十年代末可不是个小数目。父亲一看就发火了,好一顿数落母亲不会过日子,我从没看到父亲发那么大的火。那件新毛衣愣是放了两年,在母亲把父亲那件旧毛衣扔掉之后,父亲才不得不穿上新毛衣。

　　这样的事情不止一次,每次母亲给父亲添置新衣服,父亲都要发脾气,倔强的父亲经常是一身洗得发白的工作服。母亲无奈地叹着气对我们说:"你爸爸就是脾气犟点,可他心眼好啊,你们长大了要好好孝敬他。"

父亲不喜欢新衣服在我脑海中留下了深刻印象，参加工作后，多次给父母买礼物、寄东西，却从没给父亲买过衣服，这次看到妻子买的衣服，不知道父亲会有何反应呢。

归心似箭，长长的列车载着我和妻子回到了家，迎接我们的是浓浓的亲情。把礼物一一拿出来分给大家后，我拿出了送给父亲的新衣服，心里却有点忐忑。

父亲一反常态，拿起新衣服在身上比来比去，笑得合不拢嘴，口中说："我这辈子也没穿过这么好的衣服，儿子有出息，我这辈子值了！"

听到这里，我心里突然感到无比的内疚。我自认为了解父亲，其实我从来都不懂得他的心。在那些个艰辛的日子里，以父母的收入供养我们兄弟三人，家里的经济状况根本不允许父亲讲穿戴，他和母亲把省下的每一分钱都积攒起来，留给了儿子，在我成家的时候，父亲还给了我一笔不小的安家费。

父母含辛茹苦地把我们供养成才，他们却老得驼了背，再漂亮的衣服也掩盖不了他们苍老的身影，而我这个浑小子，直到昨天还认为父亲不喜欢新衣服。

在岁月的长河里，那些闪着光亮的记忆浪花翻滚着，时光从父母的鬓角悄然滑落，带走了他们的好时光。从那一刻起，我终于知道了父亲心底的"秘密"：父亲原来也爱美！

阅读感悟

很多时候，明明是很好的东西，但为了把它留给自己的孩子，父母总能找出各种不喜欢它的理由。奇怪的是这些理由虽然拙劣，却很少被识破。到底是父母太爱我们，还是我们对父母不够关心呢？

三 袋 米

◆文/代克仁

爸从乡下来,坐了一天的车,送来一袋米。爸说,这是今年的新米,带给你们尝尝。妻笑着说,谢谢爸。晚饭是用新米煮的,真香。妻对爸说,这米比我们买的米好吃。爸开心地笑了,咱自个儿种的,还能孬?晚上,妻对我说,爸也真是的,大老远的来送一袋米。我说,这是爸的一番心意。妻幸福地呢喃,爸真好!

一个月后,爸又坐了一天的车,送来一袋米。爸说,我在电视里看了,城里竟然有人卖毒大米,还是吃家乡米放心。妻说:"爸,我们吃的米是在超市买的,人家信誉保证呢。"爸憨憨地笑。妻把我拉进厨房说:"你跟爸说说,往后别送米来了,米回车费四五十块呢,这么一折腾米都成什么价了!我们才贷款买了房,爸也不想着替我们把钱省下来。"我笑着说:"你以为爸和你一样学过经济管理,懂得成本核算呀。"吃饭时,我对爸说:"爸,您往后别送米来了,吃不完呢,没地方放。"爸不做声,埋头扒饭。妻挤眉弄眼地朝我笑。

第二袋子米还没吃完,爸又来了。坐了一天的车,送来一大袋米,比上次那袋多出一半。妻不高兴了,在厨房里一个劲儿埋怨我。爸正在客厅看电视,自个儿乐。我把爸叫到里屋,说:"爸,跟您商量个事儿,您看往后就别送米来了,行不?大老远的,花车费不说,人也折腾得累,不值。"爸脸上的笑没了,一脸难色。爸说:"你不晓得,老家隔壁你李婶的儿子每次开车回去接她到城里玩,她总要问我啥时才到城里玩,我说我儿早跟我说了呢,只是我舍不得丢下那块地。秋收了,闲了,再扯由头说不过去了,我寻思着还真得来。可我不能空着手来呀,我的车费不能白花呢!乡下没稀罕东西,米多价贱,带来米免得你们买米吃。儿啊,你的话爸懂呢。爸晓得你们困难呢,爸这次回去可以跟你李婶说城里我都去三遭了,都玩厌了。只是爸没想到会闹得你们不开心。"爸低下头,那种神情像犯了错误不知所措的孩子。我心里发酸,好一阵沉默。爸突然抬头说:"儿呀,其实爸是真想念你们哪!"爸的声音哽咽了。

晚上,我给妻讲老家的邻居李婶,讲老爸的经济学观点,讲老爸的眼泪。妻哭了,妻搂着我轻轻地说,等我们条件好一些后,就把爸接来吧。我也哭了。人生有多少尴尬就有多少美丽,有多少美丽就有多少至真至情。我的老爸啊,你送来的岂止是三袋米哟!

阅读感悟

老父亲带来的三袋大米,粒粒都凝结着对儿子饱满的思念。

替　身

◆文/赵文辉

秋日的一个下午，南村镇高一（2）班全体同学怀着好奇的心情前往"影视村"——郭亮村看拍电影。带队的是班长宋小华，他穿着母亲纳的千层底布鞋走在前面，衬衣下摆很整齐地扎进裤子里，只是裤子前边缝了一个圆圆的补丁。同学们都知道他的家在山那边，是一个穷地方，父母却要供他兄妹三人上学。虽然贫穷，宋小华却有志气，学习成绩好，又乐于助人，同学们都很喜欢和他在一起。

宋小华领着同学们说笑之间到了郭亮村。这里山清水秀，翠竹盎然，风景煞是可人。曾有著名导演在这儿拍了一部《清凉寺的钟声》，小村一下子出了名。当地政府适时开发，郭亮村成了远近闻名的旅游点，也富了一乡村民，瞧：开饭店的、卖山货的、照留念相的……宋小华心里羡慕极了，家乡要是这样，爹还用生着病跑几十里山路做小本儿生意？家门口摆个摊儿就中了。

今天拍的是一部抗日片。大家赶到时，正在拍鬼子进村的一场戏，雇用了不少当地群众演老百姓，大家拥挤着、说笑着。一个贴着仁丹胡子的"日本军官"猛地抽出战刀哇啦哇啦大叫起来，一队"日本兵"端着明晃晃的刺刀围住了"老百姓"，机枪架起来，烽火也燃起来，场子一下子静了下来。导演一声"开拍"，大家的目光都集中到那个被反绑双手吊起来审问的"老百姓"身上，"老百姓"的替身是一个五十来岁的农民，衣裳被弄得脏兮兮的，脸上涂了几条血道道。"日本军官"上前"啪"一巴掌扇过去，嘴里喊："你的，说，八路的哪里去了？"日本军官没说完就憋不住笑了，但是那一巴掌却实实在在落在了替身脸上。再演，又笑了，导演骂了他几句。重来，"日本军官"黑着脸又狠狠一巴掌打过去，继而又一刀柄砸下来,那个替身疼得不由"哐哐"直吸冷气。导演大叫一声:"成功了!"看完这一幕,同学们紧张得不得了。旁边一个热心的当地人告诉他们:替身是个卖炒花生的外地人,被吊一回挣五十块劳务费。宋小华听了,眼里竟蒙了一层东西。

戏继续往下演。宋小华碰了碰身旁的学习委员,说还有几道代数题要做,就先回了。

晚上同学们在宿舍又兴致勃勃地谈起白天拍电影的事。一个同学说:"今天算开了眼界,原来下雨是用消防车喷水……"另一个说:"还有更高级的,听说大楼倒塌、飞机爆炸都是用电脑制作的……"宋小华接上话问:"替身能不能用电脑制作?"那个同学摇摇头,说不知道。

话题自然又扯到那个替身身上。大家告诉宋小华,说那个替身被"松绑"后手臂半天才能动弹,导演给了他两桶饮料,他舍不得喝,问折成钱中不中?导演让他喝了还加了十块钱给他。宋小华听不下去了,他从床底下抱起篮球,说去练练"三步上篮"。

来到操场,宋小华面朝家的方向站定,轻轻喊出了声:"爹,您受罪了!儿一定好好用功,考上大学,儿知道您盼俺有成色呢。爹,求求您别再挣这受罪钱了,俺知道您是为儿……"

宋小华的话句句发自心底,却被眼泪淹没了。

阅读感悟

为了儿女,父亲什么样的辛苦和委屈都愿意忍受。而儿女的感恩与上进,就是对父亲最大的慰藉。

温暖我一生的冰灯

◆文/马　德

总有一些东西,是岁月所消融不了的。

八岁的那一年春节,我执意要父亲给我做一个灯笼。因为在乡下的老家,孩子们有提着灯笼走街串巷过年的习俗,在我们看来,那就是一种过年的乐趣和享受。

父亲说,行。

我说,我不要纸糊的。父亲就纳闷:不要纸糊的,要啥样的?我说要透亮的。其实,我是想要玻璃罩的那种。腊月二十那天,我去东山坡上的大军家,大军就拿出他的灯笼给我看,他的灯笼真漂亮:木质的底座上是玻璃拼制成的菱形灯罩,上边还隐约勾画了些细碎的小花。大军的父亲在供销社站柜台,年前进货时,就给大军从很远的县城买回了这盏漂亮的灯笼。

我知道,父亲是农民,没有钱去买这么高级的灯笼。但我还是想,父亲能给我做一个,只要能透出亮就行。

父亲说,行。

大约是年三十的早上,我醒得很早,正当我又将迷迷糊糊地睡去时,突然被屋子里一阵窸窸窣窣的声音吸引了,我努力地睁开眼睛,只见父亲在离炕沿不远的地方,一只手托着块东西,另一只手正在里边打磨着。我又努力地睁了睁眼,等我适应了凌晨有些暗的光后,才发现父亲手里托着的是块冰，另一只手正打磨着这块冰，姿势很像是在洗碗。每打磨一阵，他就停下来，在衣襟上擦干手上的水，把双手放在自己的脖子上暖和一会儿。

我问："爹，您干啥呢？"

父亲说："醒了！天还早呢，再睡一会儿吧。"

我又问："爹，您干啥呢？"

父亲就把脸扭了过来，有点儿尴尬地说："爹四处找废玻璃，哪有合适的呢？后来爹就寻思着，给你做个冰灯吧。这不，冰冻了一个晚上，冻得正好哩。"父亲笑了笑，说完，就又拿起了那块冰，洗碗似的打磨起来。

父亲正在用他的体温融化那块冰呢。

看着父亲又一次把手放在脖子上取暖的时候，我说："爹，来这儿暖和暖和吧。"随即，我撩起了自己的被子。

父亲一看我这样，就疾步过来，把我撩起的被子一把按下，又在我前胸后背把被子使劲儿掖了掖，并连连说："我不冷，我不冷，小心冻着你……"

末了，父亲又说："天还早呢，再睡一会儿吧。"

我胡乱地应了一声，把头往被子里一扎，一合眼，两颗豌豆大的泪珠就洇进棉絮里。你知道吗，刚才父亲给我掖被子的时候，他的手真凉啊！

那一个春节，我提着父亲给我做的冰灯，和大军他们玩得很痛快。伙伴们都喜欢父亲做的冰灯。后来，没几天，它就化了，化成了一摊水。

但那灯，却一直亮在我心里，温暖我一生。

阅读感悟

父亲用自己的体温打磨成的冰灯，放射着父爱的光芒，温暖了"我"的一生。

女儿出走

◆文/林　君

一个女孩儿负气离家出走,母亲看见她留下的纸条,第一个念头就是去派出所报案。但这时电话响了,是孩子父亲打的。

父亲听了这件事,沉默半晌,说:"不要闹得满城风雨,那孩子自尊心极强,等等吧。"

女孩儿业余爱好是上网,父亲虽然不知道她常去的网吧,但有她的一个电子邮箱,于是给她写了封信:"我知道你生气藏起来了,我估计也找不到你,就让你安静地回味一下过去的快乐和苦恼。"

一天过去了,女孩儿没有回音。母亲很着急,所有的亲戚朋友家都问过了,没见到女儿。她又想给女儿同学打电话询问,被父亲拦住:"不要让他们知道,孩子以后得上学,那时她面对老师和同学会成为'另类'。明天一早,你去学校撒个谎,帮孩子请一周病假。"

当晚,父亲又给女儿发了一封电子邮件:"呵呵,我猜到了,你正在上网,对吗?注意啦,墙那边的屋子里正坐着老爸——我!不信,你去看看。"

夜里十一点,女儿终于有了音讯,一封给父亲的伊妹儿:"我们相隔万水千山,好自由的感觉,我要独自闯荡世界,像三毛那样浪漫地流浪四方!"母亲一看,眼泪随即涌了出来。父亲却笑着说:"这是曙光啊,说明孩子想我们了,否则,又何必说这些?"父亲当即复信:"坚决支持你的伟大行动!我为有这么一个充满激情与幻想的女儿而骄傲!老爸年轻时是个诗人,多想像你今天这样走出去啊,但没有决心,太惭愧了……"

第二天上午,父亲的电子邮箱里静静地躺着一封信:"老爸,不要惭愧,现在行动还来得及。但我想先创业,然后接你过来玩。"父亲赶紧回复道:"你创业成功时,我也老喽,走不动喽!"

十分钟后,女儿的回音来了:"我初步预计,创业要十年,那时你五十五岁,还没退休呢!"父亲看了,故意不答复,等到午饭后才上网回信:"不行啊,老爸今天淋雨了,全身难受,到五十五岁,身体可能更弱。你买伞了吗?"下午,接到女儿回信:"不要紧,雨淋不着我,我不出门。"父亲阅后,对妻子说:"好了,女儿现在很稳定,我推测她没出城,可能住在旅馆里。让她疯两天,一切自理,过不了多久,就会累得想家。"

晚上,女儿又来了封短信。这次父亲以妈妈的口吻回答她:"孩子,你爸爸淋雨后全身难受,发高烧,住院去了。妈现在没时间跟你联系,得去医院陪护他。再见!"

果然不出所料,女儿在第二天的伊妹儿中关切地问:"爸爸的病好些了吗?"父亲一笑,关上电脑,不予理睬。午饭时分,电话铃响了,父亲示意母亲接,说:"告诉她,爸爸烧糊涂了,老是念叨女儿。说完就挂!"母亲照办。

傍晚,楼梯口传来熟悉的脚步声。父亲赶紧躺床上,母亲按原定计划准备迎接女儿。"笃笃笃",有人敲门。透过猫眼瞅,是女儿。母亲轻轻开了门,对女儿摆摆手:"小声点儿,你爸在睡觉。"女儿一脸疲惫,放下包裹,蹑手蹑脚走进里屋,见爸爸安静地躺着,泪水"哗"地涌出来……事后,父亲说:"孩子一个人在外边吃点儿苦,是迟早的事,阻拦她只会适得其反,何不顺水推舟,让她去锻炼一回呢。"

阅读感悟

女儿负气离家出走,父亲虽然担心着急,却还想着尽力维护女儿在大家心目中的形象,不影响她日后的学习和生活,又巧妙地与女儿沟通,让女儿认识到自己的错误。这样的父爱既深沉又充满智慧。

人生的泥泞

◆文/李雪峰

十八岁那年，我高中毕业了，同学朋友们纷纷找亲托故，给自己找工作。

我央求父亲说："这一回你可得替我找找你的朋友和战友了。"父亲是名复员老军人，他出生人死的一帮战友和朋友如今都手握重权，有的是厂长经理，有的是局长主任，尤其是他最铁的"兄弟"林叔叔，都已经是我们市的市长了。

父亲闷了好久问："找他们做什么？"

我说："给你儿子安排个体面点的工作啊！"

父亲想了又想，没有回答我，缓缓地站起来对我说："走吧，跟爹到外面走走去。"

我跟着父亲默默无语地来到了村外的大路上。昨夜刚落了一夜的大雨，这条黄土大路被雨水浸泡得泥泞不堪，一不小心，脚就会深深陷进又软又烂的泥淖里。我和父亲的身后，留下了几行深深的脚印。一直走到村头的老槐树下，父亲才站住了，父亲抚着我的肩头问："孩子，你能找出自己的脚印吗？"

我很不解地指着自己的脚印说："怎么不能，瞧，这一串就是我刚才踩下的呢！"

"可有的人就找不到自己的脚印，他们一辈子总拣水泥大街、柏油大道走。"父亲叹了一口气十分惋惜地说，"他们连一个自己的脚印也没留下，在这世上岂不是白走了一遭吗？"

父亲看了我一眼，蹲下身说："孩子，来，趴到我的背上来。"我警觉地问："干什么？"

父亲说:"让我背你回家。"

我委屈而有些愠怒地说:"我十八岁了,我自己能走!"

"十八岁?八十岁又怎么样?"父亲执拗地说,"不管怎么说,今天,老子我就要背着你回家!"

我知道父亲那种说一不二的犟脾气,没办法,我只好趴到父亲那宽厚而又坚实的脊背上,听父亲"嗨"地一声站起来,然后迈着深一脚浅一脚的步子,摇摇晃晃,趔趔趄趄地踩着泥浆,驮着我朝家里走。

父亲气喘吁吁,一直把我驮到家门口,才如释重负地把我放下来,缓了口气问:"你能找到你回来时的脚印吗?"

我莫名其妙地说:"是你把我一步一步驮回来的,我怎么能找到我回来时的脚印呢?"

父亲笑了,说:"你让我去求朋友们替你谋份既体面又轻松的工作,你想想,不就是让人家驮你走一样吗?别人艰辛地驮着你走,你自己能轻松,能体面得起来吗?"父亲叹了口气继续说,"老让别人驮着走,连你自己的一个脚印也留不下来,那可真是枉活一辈子了。"

看着回来时泥路上父亲那行沉重而趔趄的脚印,我说:"父亲,我懂了。"父亲说:"孩子,你记住,要想留下自己最深的脚印,就得选一条最泥泞的路走才行!"

第二天一清早,我便打起自己的背包,踏着村道上的深深泥淖出发了,我不能让别人驮着我走,因为我要留下自己的脚印。

阅读感悟

这是一位教子有方的父亲,他让孩子认识到人生即是一个独自体验的过程,只有脚踏实地去走,才能留下一条属于自己的生命轨迹。

怀念父亲的笑

◆文/林清玄

父亲躺在医院的加护病房里，还殷殷地叮嘱母亲不要通知远地的我，因为他怕我在台北工作担心他的病情。还是母亲偷偷叫弟弟来通知我，我才知道父亲住院的消息。

这是典型的父亲的个性，他是不论什么事总是先为我们着想，至于他自己，倒是很少注意。我记得在很小的时候，有一次父亲到凤山去开会，开完会他到市场去吃了一碗肉羹，觉得是很少吃到的美味，他马上想到我们，于是先到市场去买了一个新锅，又买了一大锅肉羹回家。当时的交通不发达，车子颠簸得厉害，回到家时肉羹已冷，且溢出了许多，我们吃的时候已经没有父亲形容的那种美味。可是我吃肉羹时心血沸腾，特别感到那肉羹是人生难得，因为那里面有父亲的爱。

在外人的眼中，我的父亲是粗犷豪放的汉子，只有我们作子女的知道他心里极为细腻的一面。提肉羹回家只是一件，他不管到什么地方，有好的东西一定带回给我们，所以我童年时代，父亲每次出差回来，总是我们最高兴的时候。

他对母亲也非常的体贴，在记忆里，父亲总是每天清早就到市场去买菜，在家用方面也从不让母亲操心。这30年来我们家都是由父亲上菜场，一个受过日式教育的男人，能够这样内外兼顾是很少见的。

父亲是影响我最深的人。父亲的青壮年时代虽然受过不少打击和挫折，但我从来没有看过父亲忧愁的样子。他是一个永远向前的乐观主义者，再坏的环境也不皱一下眉头，这一点深深地影响了我，我的乐观与韧性大部分得自父亲的身教。父亲也是个理想主义者，这种理想主义表现在他对生活与生命的尽力,他常说:"事情总有成功和失败两面,但我们总是要往成功的那个方向走。"

由于他的乐观和理想主义,使他成为一个热情如火的人,只要有他在就没有不能解决的事,就使我们对未来充满了希望;他也是个风趣的人,再坏的情况下,他也喜欢说笑,他从来不把痛苦给人,只为别人带来笑声。

小时候,父亲常带我和哥哥到田里工作,透过这些工作,启发了我们的智慧。例如我们家种竹笋,在我没有上学之前,父亲就曾仔细地教我怎么去挖竹笋,怎么看土地的裂痕,才能挖到没有出青的竹笋。20年后,我到竹山去采访笋农,曾在竹笋田里表演了一手,使得笋农大为佩服。其实我已20年没有挖过笋,却还记得父亲教给我的方法,可见父亲的教育对我影响多么大。

也由于是农夫,父亲从小教我们农夫的本事,并且认为什么事都应从农夫的观点出发。像我后来从事写作,刚开始的时候,父亲就常说:"写作也像耕田一样,只要你天天下田,就没有不收成的。"他也常叫我不要写政治文章,他说:"不是政治性格的人去写政治文章,就像种稻子的人去种槟榔一样,不但种不好,而且常会从槟榔树上摔下来。"

他常教我多写些于人有益的文章,少批评骂人,他说:"对人有益的文章是灌溉施肥,批评的文章是放火烧山;灌溉施肥是人可以控制的,放火烧山则常常失去控制,伤害生灵而不自知。"他叫我做创作者,不要做理论家,他说:"创作者是农夫,理论家是农会的人。农夫只管耕耘,农会的人则为了理论常会牺牲农夫的利益。"

父亲的话中含有至理,但他生平并没有写过一篇文章。他是用农夫的观点来看文章,每次都是一语中的,意味深长。

有一回我面临了创作上的瓶颈,回乡去休息,并且把我的苦恼说给父亲听。他笑着说:"你的苦恼也是我的苦恼,今年香蕉收成很差,我正在想明年还要不要种香蕉。你看,我是种好呢,还是不种好?"我说:"你种了40多年的香蕉,当然还要继续种呀!"

"你写了这么多年,为什么不继续呢?年景不会永远坏的。"他说,"假如每个人写文章写不出来就不写了,那么,天下还有大作家吗?"

我自以为比别的作家用功一些,主要是因为我生长在世代务农的家庭。我常想:世上没有不辛劳的农人,我是在农家长大的,为什么不能像农人那么辛劳?最好当然是像父亲一样,能终日辛劳,还能利他无我,这是我写了十几年文章时常反躬自省的。

母亲常说父亲是劳碌命,平日总闲不下来,一直到这几年身体差了还常往外跑,不肯待在家里好好地休息。父亲最热心于乡里的事,现在还是家乡清云寺的主任委员。他是那一种有福不肯独享、有难愿意同当的人。

他年轻时身强体壮,力大无穷,每天挑两百斤的香蕉来回几十趟还轻松自在。我最记得他的脚大得像船一样,两手摊开时像两个扇面。一直到我上初中的时候,他一手把我提起还像提一只小鸡,可是也正是这样棒的身体害了他,他饮酒总不知节制,每次喝酒一定把桌底都摆满酒瓶才肯下桌,喝一打啤酒对他来说是小事一桩,就这样把他的身体喝垮了。

在60岁以前,父亲从未进过医院,这三年来却数度住院,虽然个性还是一样乐观,身体却不像从前硬朗了。这几年来如果说我有什么事放心不下,那就是操心父亲的健康,看到父亲一天天消瘦下去,真是令人心痛难言。

父亲有五个孩子,这里面我和父亲相处的时间最少,原因是我离家最早,工作最远。我15岁就离开家乡到台南求学,后来到了台北,工作也在台北,每年回家的次数非常有限。近几年结婚生子,工作更加忙碌,一年更难得回家两趟,有时颇为自己不能孝养父亲感到无限愧疚。父亲很知道我的想法,有一次他说:"你在外面只要向上,做个有益社会的人,就算是有孝了。"

母亲和父亲一样,从来不要求我们什么,她是典型的农村妇女,一切荣耀归给丈夫,一切奉献都给子女,比起他们的伟大,我常觉得自己的渺小。

我后来从事报道文学,在各地的乡下人物里,常找到父亲和母亲的影子,他们是那样平凡,那样坚强,又那样的伟大。我后来的写作里时常引用村野百姓的话,很少引用博士学者的宏论,因为他们是用生命和生活来体验智慧,从他们身上,我看到了最伟大的情操,以及文章里最动人的素质。

我常说我是最幸福的人,这种幸福是因为我童年时代有好的双亲和家庭,我青少年时代有感情很好的兄弟姊妹;进入中年,有了好的妻子和好的朋友。我对自己的成长总抱着感恩之心,当然这里面最重要的基础是来自于我的父亲和母亲,他们给了我一个乐观、关怀、善良、进取的人生观。

我能给他们的实在太少了,这也是我常深自忏悔的。

有一位也在看护父亲的郑先生告诉我:"要知道你父亲的病情,不必看你父亲就知道了,只要看你妈妈笑,就知道病情好转,看你妈妈流泪,就知道病情转坏,他们的感情真是好。"为了看顾父亲,母亲在医院的走廊打地铺,几天几夜都没能睡个好觉。父亲生病以后,她甚至还没有走出医院大门一步,人就瘦了一圈,一看到她的样子,我就心疼不已。

但愿父亲的病早日康复。以前我在田里工作的时候,看我不会农事,他会跑过来拍我的肩说:"做农夫,要做第一流的农夫;想写文章,要写第一流的文章；要做人，要做第一等的人。"然后觉得自己太严肃了，就说："如果要做流氓，也要做大尾的流氓呀！"然后，父子两人相顾大笑，笑出了眼泪。

我多么怀念父亲那时的笑，也期待再看父亲的笑。

阅读感悟

作者的父亲自己在外面尝到了美味，想方设法给家人也带回去；自己虽身患重病，却还想着不要让儿女担心……父亲的种种美德深深影响了"我"，给了"我"一个乐观、关怀、善良、进取的人生观。

父爱无涯

◆文/张先丰

　　背着画夹,孤独地站在街头凛冽的寒风中,钟成对父亲充满了憎恨。

　　钟成是富甲一方的巨商之子。父母在40多岁时才得了他,一家人喜之不尽,爱如珍宝,那真是捧在手里怕掉了,噙在口里怕化了。尤其母亲,更是对他百般呵护,宠爱有加。钟成长大后,顽劣异常,身边总围绕着一大帮朋友,每天变尽花样地玩乐。钟成生活在锦衣玉食之家,从不知道钱是个什么重要的东西,挥金如土。

　　父亲看不惯他这种阔少作风,多次叱骂,还动手打过他。每当此时,母亲总是挡出来,哭天抹泪,父亲无计可施。钟成的功课一塌糊涂,中学毕业没能考上大学,终日和一帮狐朋狗友混迹于酒楼舞厅。这时母亲突然亡故,父亲对他的宝贝儿子彻底失望,正式宣布:和钟成解除父子关系,让他从这个家里滚出去。钟成年轻气盛,恼羞之下,当真搬了出去。

　　钟成去找朋友,朋友消失得一个也不见;去人才市场,由于学历低身体又弱,肩不能挑手不能提,一无所能,最终应聘无门。

　　走投无路,眼看就有饿肚子的危险,钟成突然想到,自己学过几天人物素描,而且还颇为自得,就决定去街头给人画像,以养活自己。

　　钟成在冷风中站了几天,也没有一个顾客。饥肠辘辘的钟成,一瞬间对这个世界充满了绝望,对父亲的怨恨也愈加深切。但马上又想到,不能向父亲示弱,一定要活出个人样让他瞧瞧,精神重新变得高昂起来。钟成也是个倔脾气,从不愿向人低头。

　　第二日,钟成背着画夹又走上了街头。在整整一个星期快要过去的时候,钟成才迎来他商业生涯中的第一个顾客,挣到了他全部人生中的第一笔钱:十块钱。晚上回到廉价的出租小屋,钟成捏着这十元钱,兴奋得睡不着觉。去年花父亲一百多万买辆跑车也没如此兴奋过，这个冷酷的世界终于向他露出了温和的笑脸。那一周，是刻骨铭心的一周，使钟成对这个世界多了几分深刻的认识。钟成一下明白了很多很多。

从此，钟成一边钻研画技，一边给人画像，顾客渐渐多了起来。不久，吃饭的问题解决了，还略有盈余。

随着钻研的逐步深入，钟成渐渐悟到，自己在绘画方面缺乏天赋，终其一生也不可能有太高的造诣，就把主攻方向，调整到自己比较感兴趣的平面设计方面。

大概五六年后，钟成利用画像赚来的钱，开了一家室内装修公司。

在钟成的拼劲和自信面前，厄运似乎也吓得躲了起来，钟成的公司顺风顺水，越开越大。不久，钟成的名字便成了本地装修行业的一块金字招牌。钟成买房置车，俨然成了名人。

这时，父亲多次通过亲友游说，想同钟成和解。

钟成仍不肯原谅父亲。

一日，堂兄登门，对钟成说："钟叔病重了，想见你。"

钟成漠然说："我没有这个爸爸。"

堂兄说："父母之恩，水不能溺，火不能灭，人怎能连父亲都不认呢？"

钟成说："现在我有钱了，想起我来了，当初我被撵出家门，在街头差点饿死那阵儿，他干吗去了？"钟成提起往事，仍气愤难平。

堂兄踌躇良久，叹一口气，终于说："其实钟叔一直都在关注着你。当初你踽踽街头卖画为生时，钟叔坐车从旁边经过，从不流泪的他，当着一车人竟痛哭失声。你以为凭你那三脚猫的功夫，就真的能赚到钱吗？你错了！是钟叔安排公司的员工到你那里去画像的，回来一律照单全收。你画了许多年，画技也不见提高，钟叔忧心如焚。后来你改学平面设计，找对了路子，钟叔的眉头才舒展一点。其实，你的装修公司刚开张时，开头几笔生意，也还是钟叔找了一些关系户，自己贴钱，指定他们找你干的。后来你完全打开了局面，不用钟叔的任何扶持，也可以干得很出色了,钟叔才真正放下心来。钟叔常讲:孩子不能惯,娇惯生祸患。你妈在时,对你娇宠太甚,钟叔为此和你妈没少生气。后来你荒废了学业,交了一群酒肉朋友,眼看就要毁了这一生,钟叔才狠心将你赶出去,让你尝尝世道的艰辛,早生悔改之意,好重新做人。其实这些,钟叔是不让给你讲的,今天算我多嘴。你怎么直到如今,还不理解他老人家的一片苦心呢?"

钟成听完堂兄的话,"哇"的一声哭出来,扔掉手里的茶杯,赶紧往医院奔去。

阅读感悟

儿子顽劣不堪,不思进取。父亲无奈之下,狠心将其逐出家门,让儿子在经历磨难中成长,并始终在暗地里注视并扶持他。文中父亲的良苦用心令人动容,而在现实生活中父母的这般良苦用心,读者朋友感受到了吗?

父亲让我明白:我能行

◆文/卡尔·克里斯托夫

小时候,我认为父亲是世界上最吝啬、最小气的人。我敢肯定他根本不想让我拥有那辆梦寐以求的自行车。

在许多事情上,父亲和我的看法不一致。我们又怎么可能一致呢?我是个10岁的小流浪儿,最大的幸福就是想出办法来让自己少工作一些,好有时间去我家附近的黄石公园狂玩一阵。而父亲是个工作努力、任劳任怨的人。在我梦寐以求的自行车出现在马克·法克斯的商店之前,父亲和我已经在柴房里就我兜售报纸的方式理论过几次了。

我卖报赚的钱,一半交给母亲,用于添置衣服;四分之一存入银行,以备将来之用;只有剩下的四分之一才归我支配。所以,我只有多卖报,手里的钱才会多起来。于是,我不断努力提高我的销售份额。我的办法是:在推销时,竭力唤起别人的同情心。比如,夏季的一天,我在黄石操场高声喊着:"卖报,卖《蒙大拿标准报》,有谁愿意从我这个苦命的长着斗鸡眼的孤儿手里买份报纸?"恰巧那时,父亲从一个朋友的帐篷里出来,把我押回家。我们进了柴房,他把给我的报酬从四分之一削减到八分之一。

两星期后,我的收入又下降了。我的朋友杰姆进门时,我正和家人吃饭。他把一堆硬币放在桌上,并要我给他报酬,即5分镍币。我难为情地给了他。我用5分钱骗他替我卖报纸,这样,我就有空去养殖场看鱼玩。父亲立即看穿了我的"把戏"。

然后,在柴房里,父亲铁青着脸说:"儿子,你应该知道,杰姆是我老板的儿子。"我的收入缩减到十六分之一。

说来惭愧,没过多久,情况变得更糟了。因为父亲注意到我时不时地吃蛋卷冰激凌,而这应该是我缩减了的收入所不能承受的。

后来,他发现我收集别人丢弃的报纸,剪下标题,寄给出版商,作为报没卖出的证明。然后,出版商补偿了我。因为这个,父亲把我的收入削减到了三十二分之一。很快,我差不多是分文不进了。

身无分文并没让我很苦恼,直到有一天。当我在法克斯商店闲逛时,一辆红色的自行车闯入我的眼帘,就再也从我的眼前挥之不去了。我觉得它是世界上最漂亮的车。它激起我最奢侈的白日梦:我梦见自己骑着它越过山坡,绕过波光粼粼的湖泊、小溪。最后,疲惫而快乐的我,躺在长满野花的僻静的草地上,把自行车紧紧抱着,紧贴在胸口。

我走到正在修理汽车的父亲身边。

"要我做什么吗,爸爸?"

"不,儿子。谢谢。"

我站在那儿,看着地面,开始用靴尖刮地,把车道都快刮干净了。

"爸爸?"

"哦?"

"爸爸,今年你和妈妈不必送我圣诞节礼物了。今后 20 年也不用送了。"

"儿子,我知道你很喜欢那辆自行车。可是,咱们买不起啊!"

"我会把钱还你的,加倍还!"

"儿子,你在工作,你可以存钱买它啊!"

"可是爸爸,你总是要拿走一部分去买衣服。"

"杰克,关于那一点,我们早已谈妥了。你知道,我们都应该尽自己的力。来,坐下来,让我们想想办法。如果你一个月少看两场电影,少吃三个蛋卷冰激凌,少吃两袋玉米花。如果你不去买弹子玩……噢,这个夏天,你就能存 3 美元了。"

"可爸爸,买自行车需要 20 美元。那样节省,我仍然差 17 美元。照那样的速度,还没买到车我就老了。"

父亲忍不住笑了："儿子，我可不这样想。""有什么好笑的。"我咕哝道。这么严肃的事，他居然会笑，我简直气坏了。我转过身，背对着他。突然，一个奇怪的念头在我脑海里一闪，也许我真的能做一些我以为不可能的事。

就把它当成是一次挑战吧！

被父亲的强硬路线所激怒，受那份对自行车的挚爱感情驱使，我开始不辞辛苦地工作、攒钱。我拼命地卖报，不看电影，不买玉米花、冰激凌。30分，65分，1美元，1美元50分……我一分一分地攒，努力不去想离20美元还有多遥远。然后，一件意想不到的事发生了。乔飞先生——父亲的一个朋友——公园管理员叫我到他那儿去。

"杰克，"他说，"这段时间，我需要一个送信员，报酬是六星期13美元。你要这份工作吗？"

我要不要？简直是求之不得呢！父亲说，因为报酬高，我只需要交一半给家里就行。夏天结束时，我已攒了11美元。

但紧接着又到了萧条期，我回到学校，1角钱、5分钱甚至1分钱也挣不到。最后，圣诞节期间，我通过帮助运送松树、云杉给银行、商店以及那些不想自己砍树的人家，挣了2美元。

还差7美元。这时，我的一个朋友病了，要我替他工作，送《企业报》。我一星期挣1美元，清晨4点起床，叠报纸，在凛冽的寒风里走5英里。天气刚好转一些，我的朋友又回来工作。我有19美元了。

只差1美元了，我认为已经竭尽所能。所以，我走到父亲面前："爸爸，求你给我1美元吧！"

但我很快意识到，求他就像求太阳从西方升起一样。父亲说："你是在要求施舍，杰克。我的儿子是不会请求施舍的！"

我几乎想带着那19美元离家出走，或者，从树上跳下来。如果我摔断了腿，父亲会怎么想呢？沮丧之极，我闲逛到法克斯的商店，想去看一眼我心爱的自行车。可我到那儿时，车却没在橱窗里。天哪，不要这样！

我想。

　　它已经被卖出去了。我冲进店里，看见法克斯正推着我的车往后面的储藏室走。"法克斯先生。"我哭叫道，"这自行车，你没有卖它，对吧？"

　　"没有，杰克，没有卖。它放在橱窗里已经很久了，没人买它。我只是想把它放在墙边，把价格降为 18 美元。"

　　那时，航空火箭还没发明出来，而我却像火箭一样，一下子射到了法克斯先生的臂弯里。我骨瘦如柴的手臂和腿紧紧地缠绕着他，热烈地拥抱着他，差点让这位老先生窒息了。

　　"别让任何别的人买这车，我要买。等我一会儿！"

　　"别担心，"法克斯先生喘着气，微笑着说，"它是你的。"

　　我跑上街道，离家还有一排房屋时，就开始喊叫："妈妈，把钱拿出来，把 19 美元拿出来！"我一路小跑，又叫了一声："快一点，妈妈！把钱拿出来！"我飞也似的回到商店。把钱放在柜台上。"我还多出 1 美元来。那个行李架，还有那个篮子多少钱，法克斯先生？"

　　"杰克，你可以用 1 美元买它们两样。"

　　几分钟后，我出了商店。

　　我骑着车，向我看见的每一个人挥手，叫嚷："喂！快看我的新车！"

　　"我自己买的！"

　　到了家，我跑进院子里，差点撞倒了父亲。

　　"爸爸，看我的新车！它是最棒的！它跑起来像风一样快。噢，谢谢你！爸爸，谢谢！"

　　"不用谢我，儿子。你不必感谢我，我什么也没做。"

　　"可是我是那么幸福、快乐！"

　　"你感觉幸福是因为你应该得到这种幸福。"

　　喜悦之中，我的眼前模糊了。但在一瞬间，我认真地看了一眼父亲，我看出他也很快乐，甚至有些为我骄傲。我看到了他眼中的爱意，那种对儿子长大成人的爱。

这么多年来,那满是爱意的目光一直留在我心中。这些年来,我悟出了父亲所给予我的最大快乐,那就是让我明白——我能行!

阅读感悟

"我"历经艰辛最终用自己的劳动所得买到了向往已久的自行车,这种快乐令"我"终生难忘。父亲看似什么都没做,但其实,是他激发了"我"靠自己的努力赢得幸福的能力。

红苹果与红手印

◆文/朱克波

在一条小巷的尽头，一位少年与一中年汉子正站在水果摊前与老板讨价还价。老板边自卖自夸边把苹果往袋子里装，中年汉子说："您别忙装，您这苹果蔫了，我不买了。"老板脸上顿时晴转多云，斜着眼睛把这个脸色苍白、仿佛一阵风就能吹倒的汉子从上到下打量了一番，然后极为鄙夷地说："我看您这个人才蔫了！"那少年握紧了拳头，对那老板怒目而视，却被中年汉子拖走了。

那少年是我，那身体瘦弱的汉子就是我父亲。

那年我十六岁，因中考失利以两分之差落榜，才不得不托关系送礼争取一个自费生的名额。那天我们最终买到了一箱又红又大的苹果，父亲挑出一个相对小的给我，然后把一个厚厚的信封塞到了箱子底，那是一头牛、两头猪及家里所有值钱的东西换来的。

我不敢问那信封里到底放了多少钱，只是小声地问父亲要不要咬一口苹果，他摇着头说不喜欢，但我分明看见他喉结动了一下，那是他吞口水时才有的动作。于是我暗暗发誓：等我拿到大学通知书那天，我一定要买一箱又红又大的苹果给父亲。

开学之初遇到学校搞改革，要从所有新生中以考试的形式挑选出70人组成这个重点高中的首届重点班。考前我认真复习，然后憋足了劲走进考场。成绩出来了，我的名字赫然排在第32位，那时我才真正懂得了知子莫若父，是他一意孤行砸锅卖铁要给我这个求学机会的，他说："一寸光阴一寸金，复读初三就是浪费娃儿的生命！"也就是那次考试让我重新树立了信心,当我得意扬扬地把进重点班的消息告诉父亲时,他却只是微微一笑说:"你不过是分得一块好自留地,等长出好庄稼有了好收成再高兴不迟。"我坚定地点了点头,心里想的却是我要在这自留地里栽上苹果树,让它结出又红又大的苹果。

在省城读高中,出门看到的都是车水马龙、高楼大厦,渐渐地淡忘了父母在家过的是怎样一种艰苦日子。直到那次野炊,在回来时突然下起了雨,我们只好在农家屋檐下躲雨,看着远处水田里披着蓑衣继续插秧的农民,城里的同学不解地问:"他们怎么不歇一下啊?"于是我便跟他们讲"芒种忙忙栽,夏至谷怀胎"的谚语,如果不赶在芒种之前把秧插下去的话会影响收成的,说着说着我就沉默了下来,因为我看到在水田的更远处,有个头戴斗笠,身披蓑衣的人在冒雨犁田,他挥舞鞭子赶牛的姿势像极了父亲。而父亲的耕牛已经卖掉了,家里的田是怎么犁的呢?

那天,同学们都沉浸在野炊的快乐中,只有我一个人忧心忡忡,我的脑海里翻来覆去都只有那个冒雨犁田的身影。天刚黑,我就打电话到邻居家,是母亲来接的,我问:"爸爸呢?"她说:"睡了。"我再问:"家里没耕牛怎么办的呢?"母亲说:"跟别人换呗!""怎么换啊?"母亲叹了一口气说:"你爸爸帮人家犁一亩田,然后再用他家的耕牛犁一亩自家的田。没办法哦!这该死的老天爷也不照顾,今天刚犁完别人家田就下起了瓢泼大雨,你爸爸冒雨犁完自家的田就感冒了……"母亲后来还说了些什么我不知道,挂上电话我的眼泪就喷涌而出,父亲身体不好,每年犁田都免不了大病一场,而今年却要做双倍于往年的活,我不敢想象他怎么能吃得消,都说舐犊情深,而父亲为了我,真正的把自己当成了一头牛!

父亲常跟我说的一句话是:"波儿,爸爸能为你做的也只有这些了,俗话说'成蛇就钻草,成龙就上天',一切看你自己的造化了。"每次说时他都是一脸愧疚的表情,这让我的心隐隐作痛,我很想对他说:"爸爸呀,您为了孩儿已吃了那么多的苦,遭受了那么多的白眼,您为我已经付出了太多太多!"但这些话我始终没有说出口,只是暗暗地拼了命地读书。功夫不负有心人,三年后,我拿到了重点大学的录取通知书。同学们在高考前都压抑了很久,那天大家拿到通知书后相约去了一家迪厅,疯狂地跳,疯狂地喝,等第二天该回家时,我才发现兜里只剩下回家的路费了,想起三年前自己暗暗立下的誓言不仅为难起来,但转念一想,我现在就算买一箱苹果回去,也还是用的父亲的钱,倒不如等上了大学用自己打工挣的钱来实现这个誓言更有意义。

可是,当我在大学校园里拿到自己挣的300元钱时,我又开始犹豫起来,因为我迫切需要一个随身听来学习英语,再说买一箱苹果寄回两千公里远的家,估计邮寄费会比买苹果的费用还高,倒不如等我回家过春节时给父亲带两箱苹果吧,这样想着的时候我已经去买下了随身听。大学四年,我用自己的双手也挣了不少钱,但每次都有这样或者那样的理由来推迟自己誓言实现的时间。后来干脆想,来日方长呢,反正那誓言我也没跟父亲说过,不如等我工作后拿第一个月的工资给他买一箱子又红又大的苹果吧。这样想的时候我已大四,当时正为找工作为自己配了一个手机。

5月1日那天,几乎是没有任何先兆的,电话在凌晨三点突然急促地响起,心里猛然一惊,提起电话来是一阵痛哭的声音,母亲说父亲脑溢血,已经永远离开了我们。足足有三分钟我没明白过来是怎么回事,直到电话落在地上砸到了脚我才意识到我的父亲——这个世界上最疼爱我的人已经再也不会和我说话了。那一天是农历四月初二,是父亲的生日,现在也是他的祭日了。

由于当时正是非典高峰期,学校不准假,母亲说就算回去也要隔离两周,所以我没能见上父亲的最后一面。等我毕业回到家时,父亲的坟上已然长出了好多青草,我跪在父亲的坟前,把满满的三箱上等苹果摆在祭台上,母亲不解,我也不说,只是一个人无声地哭,愧疚和遗憾一起涌上心头。

月光从窗外照进来,洒在墙脚的犁耙上,淡淡的,有些苍白。那是父亲用过多年的犁,走过去摸了一下手把,很光滑也很温暖,似乎汗迹犹存,物是人非啊! 脑海里又浮现出父亲的音容笑貌来,不禁泪流满面:"爸爸呀,我想再帮您扛一次犁,但是现在不能了;我想亲口对您说一声我爱您,但是现在不能了;我最想亲手给您削一个又大又红的苹果,但是现在不能了;爸爸呀爸爸,您就像一只负重的骆驼,一路饥寒交迫,一路饱经风霜,历尽千辛万苦抵达绿洲的时候,您却连水都没有喝一口就走了。"树欲静而风不止,子欲养而亲不待,这是怎样的一种人生伤痛啊!

在母亲的卧室,我无意间看到了父亲的两张病危通知单,上面的亲属签名栏里有两个醒目的红手印,不用说是母亲的,因为她不识字。同时我还在床头柜里发现了几张欠条,上面也有鲜红的手印,我问母亲这是怎么回事时,她的眼里又泛起了泪水:"那些都是为了给你交学费,你爸爸找人借的,现在借条转在我的名下了,哎! 现在我都有些怕按红手印了。"我走过去拥住母亲说:"您就不要操心了,以后这些事都交给我吧!"

8月12日,当我领到第一笔薪水的时候,一个同事开玩笑说:"哎,你的那个摩托罗拉C289也该换了吧!"我说不急,然后就直奔邮局,在汇款单接收人一栏里,我怀着感恩的心虔诚地写上了母亲的名字,我知道为了取出汇款,母亲可能要费一些周折找人填写,最后还要按上红手印,但是我觉得只有这样才能渐渐抚平她心中的伤痛,因为以往按红手印带给她的都是惊吓、恐惧和无助。

没能让父亲吃上我孝敬的红苹果成了我今生最大的遗憾，但是我可以让母亲深深地喜欢上按红手印。

阅读感悟

作者未能及时报答父亲，留下了一生的遗憾。所以亲爱的朋友们，如果你有回报父母的想法，就马上付诸行动吧，不要把这些美好的愿望寄托在时机更加成熟的遥远的将来。你要知道，岁月不等人，所以，孝心不能等待。

父亲那一跪

◆文/运　涛

那年夏天,我终于在学校出事了。

自从我步入这所重点高中的大门,我就承认我不是个好学生。我来自农村,但我却以此为耻辱。我整天和班里几个家住城市的花花公子们混在一起,一起旷课,一起打桌球,一起看录像,一起追女孩子……

我忘记了我的父母都是农民;忘记了自己是一个多交了3200元钱的自费生;忘记了自己的理想;忘记了父母的期盼,只知道在浑浑噩噩中无情吮吸着父母的血汗。

那个夜晚夜色很浓。光头、狗熊和我趁着别人在上晚自习,又一次逃出校门,窜进了街上的录像厅内。当我们哈欠连天地从录像厅钻出来时,已是黎明时分,东方的天际已微微露出了亮光。几个人像幽灵一样在校门口徘徊,狗熊说:"涛子,大门锁住了,政教处的李处长今天值班,要是不翻院墙,上操前就进不去了!""那就翻吧,还犹豫个啥呀!"我回答道。

光头和狗熊在底下托着我,我使劲抠住围墙顶部的砖,头顶上的树叶在风吹下哗啦啦地响,院内很黑,隐隐约约闻到一股臭气。我估计这地方大约是厕所,咬了咬牙,便纵身跳了下去。

"谁?"一个人从便池上站起来,同时一束明亮的手电光照在我的脸上。唉呀! 正是政教处的李处长,我吓得魂飞魄散,一屁股蹲在地上。

第二天,在政教处蹲了一上午的我被通知回家喊家长。

在极度的惊恐不安中,我想起来有一位该称表嫂的远房亲戚,她与政教处一位姓方的老师是同学。我到了她家,战战兢兢地向她说明一切,请她去给说情,求学校不要开除我,并哭着请她不要让我父亲知道这件事。她看我情绪波动太大，于是就假装答应了。

次日上午，我失魂落魄地躺在宿舍里。我已经被吓傻了，学校要开除我的消息如同五雷轰顶。我脑子里一直在想："我被开除了，怎么办，怎么办？……我该怎样跟父亲说？我还怎样有脸回到家中……"这时，门"吱"的一声响，我木然地抬头望去，啊，父亲，是父亲站在我面前！他依旧穿着我穿旧的那件破旧的灰夹克，脚上一双解放鞋上沾满了黄泥——他一定走了很远的山路。

父亲一句话也没说，只是默默地看着我。我看得出来，那目光中包含了多少失望、多少辛酸、多少无奈、多少气愤，还有太多太多的爱……

表嫂随着父亲和我来到了方老师家里。我得到了确切的消息：鉴于我平时的表现，学校已决定将我开除。他们决不允许重点高中的学生竟然夜晚溜出去看黄色录像！已是傍晚，方老师留表嫂在家里吃饭。人家和表嫂是同学，而我们却什么也不是。于是，我和父亲忍着屈辱，跌跌撞撞走下了楼。

晚上，父亲和我挤在宿舍的床上，窗外哗啦啦一片雨声。半夜，一阵十分压抑的哭声把我惊醒，我坐起来，看见父亲把头埋进被子里，肩膀剧烈地耸动着。天哪，那压抑的哭声在凄厉的夜雨声中如此绝望，如此凄凉……我的泪，又一次掉了下来。

早晨，父亲的眼睛通红。一夜之间，他苍老了许多。像作出重大决定似的，他对我说："儿啊，一会儿去李处长那里，爹让你干什么就干什么，你能不能上学，就在这一次啦。"说着，爹的声音哽咽了，我的眼里，也有一层雾慢慢升起来。

当我和父亲到李处长家里时，他很不耐烦："哎哎哎，你家的好学生学校管不了，你带回家吧，学校不要这种学生！"父亲脸上带着谦卑的笑容，说他如何受苦、受累，说他从小所经受的磨难……李处长也慢慢动了感情，指着我："你看看，先不说你对不起学校，对不对得起老师，你连你父亲都对不起呀！"

就在我羞愧地低着头时,突然,父亲扬起巴掌,对我脸上就是一记耳光。这耳光来得太突然,我被打懵了。我捂着脸看着父亲,父亲又一脚踹在我的腿上:"你这个不争气的东西,给我跪下!"我没有跪,而是倔强而愤怒地望着父亲。

这时,我清楚地看到:我那50多岁的父亲,向30多岁的李处长,缓缓地跪了下来……我亲爱的父亲呀,当年你遭受磨难时,你对我说你没有跪;你曾一路讨饭到河北,你也没有跪;你因为儿子上学而借债被债主打得头破血流,你仍然没有跪!而今天,你为了儿子的学业,为了儿子的前途,你跪了下来!

我"扑通"一声跪倒在父亲面前,父亲搂着我,我们父子俩哭声连在了一起……

两年后,我以752分的成绩,考入了华中师范大学,在拿到录取通知书的那天,我跪在父亲面前,恭恭敬敬地磕了三个响头。

阅读感悟

父亲为了挽回儿子的学业与前途,不惜放弃尊严,促使他屈下双膝的,不是对儿子深切的爱,还能是什么呢?

无法偿还的父债

◆文/周碧华

老家只剩下老父亲和那幢老屋了。我知道,孤独会使老年人加快衰老的步伐,何况父亲还多病呢!好说歹说,父亲才同意进城来住。可没几天,我就发现父亲的气色越来越差。在我那狭小的房间里,他像一头被捆的老牛,焦躁不安。有一天,我中午下班回家,却发现父亲不在,四处找寻不着。黄昏时,父亲回来了,脸上有了些喜色,他说他沿着一条街一直走下去,终于走到了有田野的地方,他在田野上与当地的菜农拉了很久的家常才回转。父亲喘着气,唠唠叨叨地数落着城里的不是,说成天待在家里守着个电视机像个哑巴,说城里人很冷淡,对门对户不说话……

几天后,我终于挽留不住,父亲又回乡下了。

春节时,我携妻带子冒着风雪赶往老家,在离家两里远的渡口,我一眼就瞥见父亲站在别人的屋檐下望着渡船。我心头一热,眼前模糊一片。在别人合家团圆一片喜庆的爆竹声中,我的老父亲却孤零零地守望着他的儿子!想象平日里他是怎样去池塘担水,去集市上背回柴米油盐,怎样守着一盏油灯度过寂寞的乡村夜晚,我的心头升起深深的忏悔:父母亲含辛茹苦抚育我读完了大学,我给他们什么回报呢?

整个春节期间,我闷闷不乐,为自己想不出一个万全之策而懊恼。父亲却看出了我的心事。一天,他在火塘边将火拨了又拨,吞吞吐吐地说:"你读了书,就是国家的人了,老牵挂我会影响工作的,这样吧,我认个干儿子,你,你同意不?"说完,父亲的脸上竟露出了孩童般的羞涩。我们那里有个习俗,干儿子与亲儿子享有同等"待遇",是有财产继承权的。看到父亲竟为这一点点要求犹豫的样子,我对父亲充满了无限感激。因为求学,家中已一贫如洗,剩下幢老屋如一副老牛枯瘦的身架,我对父亲还有什么财产要求可言?他和母亲省吃俭用,认准一个死理送我上了大学,这就是赐予我的最大的财产呀!想到这里,我连忙点头。父亲笑了,说:"还是要读书,读书就明事理。有了兄弟,你就不用担心我了,以后,你把你发表的文章常寄点给我看就是了。"

这样,我就有了一个勤劳朴实的乡村兄弟,他代替我在老家陪伴父亲,尽孝道。偶尔,他也能用歪歪扭扭的字给我回信,内容都是"父亲一切都好",我知道,这都是父亲告诉他这样写的。

终于有一天,村里有个进城做生意的女人碰见我,责怪道:"你在城里好安稳,你父亲快病死了哩。"

我急急忙忙赶回老家,父亲一副大病初愈的样子,我内疚的心情无法言表。父亲却愤然道:"那个多嘴婆,害得我儿跑这么远,她不知道人急易出事么?"然后,他撒了一把谷在堂屋中央,一阵吆喝,3只饿得发慌的鸡进了屋,父亲突然掩了门,鸡叫声便响成一片……

我啃着鸡,泪水却从眼镜片后滴落在碗里。兄弟说,父亲病时,兄弟要杀鸡给他补身子,父亲坚决不肯,说补他已无大用,留着给我补脑子还可以写出好文章。这天,他早早放下碗筷,坐在屋檐下,开始翻阅我的文章。我平时寄给他的文章,他已用针线装订成册,翻得多了,卷了毛边,就像一本乡村会计的陈年老账。我忽然觉得，那确实是一本账，里面记载着我对父亲无法还的债务。

阅读感悟

其实我们每个人心中都该有这样一本账，里面记载着我们对父母无法还清的债务，无以为报的恩情。它时刻提醒我们在心安理得地享受着父母关爱的同时，也该扪心自问：我为父母做了什么？

父亲的倔犟如此温柔

◆文/乔　叶

父亲一直是我们所惧怕的那种人,沉默、暴躁、独断、专横,除非遇到很重大的事情,否则一般很少和我们直言搭腔。日常生活里,常常都是由母亲为我们传达"圣旨"。若我们规规矩矩照着办也就罢了,如有一丝违拗,他就会大发雷霆,"龙颜"大怒,直到我们屈服为止。

父亲是爱我们的吗?有时候我会在心底里不由自主地偷偷疑问。他对我们到底是出于血缘之亲而不得不尽的责任和义务,还是有深井一样的爱而不习惯打开或者是根本不会打开?

我不知道。

和父亲的矛盾激化是在谈恋爱以后。

那是我第一次领着男友回来。从始至终,父亲一言不发。等到男友吃过饭告辞时,父亲却对男友冷冷地说了一句:"以后你不要再来了。"

那时的我,可以忍耐一切,却不可以忍耐任何人去逼迫和轻视我的爱情。于是,我理直气壮地和父亲吵了个天翻地覆。后来才知道,其实父亲对男友并没有什么成见,只是想习惯性地摆一摆未来岳父的架子和权威而已。可以说,在很大程度上,是我的强烈反应大大激化了矛盾,损伤了父亲的尊严。

"你滚!再也不要回来!"父亲大喊。

正是满世界疯跑的年龄,我可不怕滚。我简单地打点了一下自己的东西,便很英雄地摔门而去,住进了单位的单身宿舍。

这样一住,就是大半年。

深冬时节,男友向我求婚。我打电话和母亲商量。母亲急急地跑来了:"你爸不点头,怎么办?"

"他点不点头根本没关系。"我大义凛然,"是我结婚。"

"可你也是他的心头肉啊。"

"我可没听他这么说过。"

"怎么都像孩子似的!"母亲哭起来。

"那我回家。"我不忍了,"他肯吗?"

"我再劝劝他。"母亲慌慌地又赶回去。三天之后,再来看我时,神情更沮丧,"他还是不吐口。"

"可我们的日子都快要订了,请帖都准备好了。"

母亲只是一个劲儿地哭。难怪她伤心,爷儿俩,谁的家她也当不了。

"要不这样,我给爸发一个请帖吧。反正我礼到了,他随意。"最后,我这样决定。

一张大红的请帖上,我潇洒地签了我和男友的名字。不知父亲看到会怎样,总之一定不会高兴吧。不过,我也算是尽力而为了,我自我安慰着。

婚期一天天临近,父亲仍然没有表示让我回家。母亲也渐渐打消了让我从家里嫁出去的梦想,开始把结婚用品一件件地给我往宿舍里送。偶尔坐下来,就只会发愁:父亲在怎样生闷气,亲戚们会怎样笑话,场面将怎样难堪……

婚期的前一天,突然下了一场大雪。第二天一早,我一打开门,便惊奇地发现我们这一排宿舍门口的雪被扫得干干净净。清爽的路面一直延伸到单位的大门外面。

一定是传达室的老师傅干的。我忙跑过去道谢。

"不是我,是一个老头儿,一大早就扫到咱单位门口了。问他名字,他怎么也不肯说。"

我跑到大门口,门口没有一个扫雪的人。我只看见,有一条清晰的路,通向着一个我最熟悉的方向——我的家。

从单位到我家,有将近一公里远。

沿着这条路，我走到了家门口。母亲看见我，居然愣了一愣："怎么回来了?"

"爸爸给我下了一张请帖。"我笑道。

"不是你给你爸下的请帖吗？怎么变成了你爸给你下请帖?"母亲更加惊奇，"你爸还会下请帖?"

父亲就站在院子里，他不回头，也不答话，只是默默地、默默地掸着冬青树上的积雪。我第一次发现，他的倔犟原来是这么温柔。

阅读感悟

世上的父亲脾气不同，性格迥异，但对儿女的感情却惊人地相似：内敛而深沉，再倔犟的父亲，在儿女面前都有他温柔的一面。

父亲的三句话

◆文/吴忠溪

父亲一生有三句话，令我永生难忘。

父亲的第一句话是："你看这件事怎么样？"

父亲一向是说一不二的，包括母亲也别想改变。母亲爱父亲，又有点怕父亲。虽然父亲当年只有每月18元人民币的微薄工资，但在母亲心目中，父亲是她的支柱和偶像。这造就了父亲的独断专行，但也树立了父亲不可撼动的威信。

我家六个兄弟姐妹，母亲病逝时，大姐、二姐已经出嫁，大哥、二哥在外工作，弟弟到外地读书，我在本镇读高中。家中，只有我和父亲两个男人相伴。

我家有一块宅基地，有人想买。那一天晚上，我们两个男人吃着晚饭，父亲突然问我："我想把那块地卖了，你看这件事怎么样？"我来不及咽下嘴里的饭，呆呆地望着父亲。父亲的眼神是诚恳的，我可以读懂。

也许，说一不二的父亲感到了他的无助。

但我相信，在他心中，他第一次感觉到，他的儿子已经是大人了。

父亲的第二句话是："我们不要和别人比吃的、比穿的，我们比不过他们，我们就和别人比学习、比工作。"

父亲只有18元的工资，无奈的父亲只能保住四个儿子的学业。两个姐姐没有进过一天学堂。父亲从工作到病退回家前后共15年，有14年没有回家过春节，为的是能拿到春节值班补贴和一件棉大衣。

父亲说,每年的春节和暑假,是他最难过的日子,因为他有四个儿子要缴学费。

所幸的是,我们四个兄弟没有辜负父亲,我们都完成了父亲"鲤鱼跳龙门"这一最朴素的愿望。

我们兄弟四个每个人要出门读大学的前一天晚上,父亲都会帮助我们收拾简单的行李。

他对我们每个人都是这样说的:"到学校里读书,我们不要和别人比吃的、比穿的,我们比不过他们。我们就和别人比学习、比工作。去睡吧,明天还要早起呢。"

父亲的这句话伴随我们各自的四年大学生活。我们的大学生活可以说是简朴甚至是简陋的,但我们都是以优秀毕业生的身份毕业的。

父亲的第三句话是:"以后我如果生病了,我会很快走的。不会拖累你们兄弟。"

母亲生病了,父亲不得不请长假照顾生病的母亲。

我不知道,在家从来不做家务的父亲,从来都是说一不二的父亲,那几年是怎样弯下腰来,学会做所有的家务的。他要陪母亲说话以减轻她的病痛,他要照顾母亲的起居生活,他要兼顾家里的自留地,后来他甚至学会了给母亲打针。母亲痛得厉害,又不能老打止痛针,就大骂父亲。

三年,整整三年,威严的父亲"逆来顺受"了。然而父亲终究没能留住母亲。

母亲走的那一天,父亲一滴眼泪也没掉。只是到了第二个星期六,我从学校回来,看着母亲住过的房间,号啕大哭。父亲坐在门槛上,泪眼滂沱。

那天,他对我说:"以后我如果生病了,我会很快走的,不会拖累你们兄弟。"

退休以后，多病的父亲守着老家的三间老屋和一盏孤灯，不肯到城里和我们一起生活。那天下午，堂弟打来电话，说父亲感冒住院了，要我们回去看看。

第二天傍晚，父亲从容离我们而去。

深爱母亲的父亲，一样爱他的儿女们。他用他的箴言，表达了他的爱。

阅读感悟

父亲的三句话，虽简单质朴却承载着深厚的情感，他对妻子不离不弃地守护，对儿女的教导与期望都蕴藏其中。父亲爱的箴言，让人终生铭记。

吊在井桶里的苹果

◆文/紫色梅子

有一句话讲,女儿是父亲前世的情人。说的是做女儿的,特别亲父亲,而做父亲的,特别疼女儿。那讲的应该是女儿家小时候的事。

我小时,也亲父亲,不但亲,还瞎崇拜,把父亲当举世无双的英雄一样崇拜着。那个时候的口头禅是"我爸怎样怎样"。因拥有了那个爸,一下子就很了不得似的。

母亲还曾嫉妒过我对父亲的那种亲。一日,下雨,一家人坐着,父亲在修整二胡,母亲在纳鞋底,就闲聊到我长大后的事。

母亲问,长大了有钱了买好东西给谁吃?我几乎不假思索脱口而出,给爸吃。母亲又问,那妈妈呢?我指着在一旁玩耍的小弟弟对母亲说,让他给你买去。哪知小弟弟是跟着我走的,也嚷着说要买给爸吃,母亲的脸就挂不住了,继而竟抹起泪来,说白养了我这个女儿。父亲在一边讪笑,说孩子懂啥,语气里却透着说不出的得意。

但等我真的长大了,却与父亲疏远了。每次回家,跟母亲有唠不完的家长里短,一些私密的话,也只愿跟母亲说,而跟父亲,却是三言两语就冷了场。他不善于表达,我亦不耐烦去问他什么,什么事情,问问母亲就可以了。

也有礼物带回,都是买给母亲的,衣服或者吃的,却少有父亲的。感觉上,父亲是不要装扮的,永远的一身灰色的或白色的衬衫,蓝色的裤子。偶尔有那么一次,我的学校里开运动会,每个老师发一件白色 T 恤。

因我极少穿 T 恤，就挑一件男式的，本想给爱人穿的，但爱人嫌大，也不喜欢那质地。回母亲家时，我就随手把它塞进包里面，带给父亲。

我永远忘不了父亲接衣时的惊喜，那是猝然间遭遇的意外啊。他脸上先是惊愕，而后拿着衣的手开始颤抖，不知怎样摆弄了才好，傻笑半天才平静下来，问，怎么想到给爸买衣裳的？

原来父亲一直是落寞的啊，我们却忽略他太久太久。这之后，父亲的话明显多起来，乐呵呵的，穿着我带给他的那件 T 恤。三天两头打电话给我，闲闲地说些话，然后好像是不经意地说一句，有空多回家看看啊。

暑假到来时，又接到父亲的电话，父亲在电话里很兴奋地说，家里的苹果树结很多苹果了，你最喜欢吃苹果的，回家吃吧，保你吃个够。我当时正接了一批杂志约稿在手上写，心不在焉地回他："好啊，有空我会回去的。"父亲"哦"一声，兴奋的语调立即低了下去，是失望了。父亲说，那，记得早点回来啊。我"嗯啊"地答应着，把电话挂了。

一晃近半个月过去了，我完全忘了答应父亲回家的事，一日深夜，姐姐突然来电话。聊两句，姐姐问，爸说你回家的，怎么一直没回来？我问，有什么事吗？姐姐说，也没什么事，就是爸一直在等你回家吃苹果呢。我在电话里就笑了，我说爸也真是的，街上不是有苹果卖吗？姐姐说，那不一样，爸特地挑了几十个大苹果，留给你，怕坏掉，就用井桶吊着，天天放井里面给凉着呢。

心被什么猛地撞击了一下，只重复说，爸也真是的，就再也说不出其他话来。井桶里吊着的何止是苹果？那是一个老父亲对女儿沉甸甸的爱啊。

　　文中的父亲可谓是千千万万个平凡的老父亲的缩影,他们看似粗犷实则细腻,牵挂儿女而不善于表达,常被忽略却从不抱怨……多花些心思来关心我们的父亲吧,不要让他们因沉默而变得落寞。

父亲头上的草末儿

◆文/佚　名

父亲是个农民，识不得几个字，一辈子靠弄田种地为生，从未出过远门，甚至连去县城的次数都极为有限，他和母亲在家乡那"旱了收蚂蚱、涝了收蛤蟆"的盐碱地上拼死拼活地劳作着，用心血和汗水养育着我们兄弟五个。哥哥姐姐们一个个长大成家后远走他乡，读高中的我便成了父母心中最大的目标和希望。

1994年，我终于不负众望，考进了黑龙江大学，成为我们村新中国成立以来走出去的第一个大学生。被汗水和劳累浸透了一辈子的父亲的脸上第一次露出了开心的笑容。可是，我上大学的第二年，久病缠身的母亲便离开了我们。看着四壁空空的家和不时登门的债主，父亲郑重地对我说："军，安心上你的学，别瞎寻思家里的事儿，这跟你没关系，我就是砸锅卖铁也要供你读完书。"

话虽这么说，可穷人家的日子是难熬的，穷人家张罗点儿钱更是难上加难。父亲接连张罗了七天七宿，找过了所有的亲戚，求遍了方圆上百里能够求的人家，最后才以4分的高利借到了600块钱，把我送上了返校的客车。

回到学校，我停止了早餐，每天午晚两餐也只吃两个馒头和5毛钱一份的咸菜，手掰手计算着怎么省钱。可就在我省吃俭用挨过了大半个学期后，一场大病却突然降临到了我的头上，整整半个月。虽然在同学们的精心照顾和全力帮助下我恢复了健康，可大家垫付和借给我的钱却压得我喘不过气来。在试过了可以想到的办法无效后，我第一次流着泪给父亲寄出了要钱的信。

两周后的中午,父亲来了,"咋样?病全好了?"父亲说着摘下了头上戴的狗皮帽子。我清楚地看到:父亲的头上竟然沾满了草末儿。

"好了,全好了。"我急忙把父亲拉坐在床上。接着他解开棉袄,把手伸进怀里,颤抖抖地掏出了一个已辨不出颜色的手绢包。父亲打开手绢,里面露出了一沓钱。

"这一段凑钱不太容易,晚了些。这是 3000 块,快还给你那些同学吧。"父亲说着,眼里流露出一种异样的光。

3000 元?我不由得一愣:"哪来的这么多钱?"

父亲干咳了一声:"还能哪来的?借呗。啥也没人命金贵呀!孩子,咱家情况你也知道,这钱你可要省着花呀!"

我捧着这带着父亲体温的 3000 元钱,含着泪点了点头:"爸,你放心吧。"

父亲简单地吃过了我从食堂打回的午饭后准备回家,走到门口,他犹豫了一下还是转过身来:"孩子,从省城到咱家挺远的,来回坐车也得花不少钱,过年……你就别回家了。"

我心里一震,皱着眉点了点头,把父亲送出校门便匆匆赶到班级上课。不知为什么,那一夜我没有睡着。

转眼间到了寒假,在同寝室弟兄的坚持下,我登上了回家的客车。从省城到县城,又倒车颠簸了近百里,直到村子里灯光闪烁时,我才来到了家门前。

推开家门时,我愣住了:新刮的雪白的墙壁,一应俱全的家具,高档的电器……这是怎么回事?

"哦,你是老赵那个上大学的儿子吧?怎么,你爸没告诉你吗?你那回有病,你爸已经把这房子卖给我了。"

"什么?"仿佛一声惊雷,我差点儿没坐到地上,"卖……卖给你了?

那我爸呢？"

"他给别人看草垛去了，就住在20里外的野草甸子上。"

我不知道是怎么从"家"里走出来的。一出门，泪水"呼"地一下涌了出来，我发疯般哭喊着，向着村外的野草甸子奔去。

也不知走了多长时间，山一样的草垛出现在了眼前。草垛边上，一个深入地下、半露于地面、上面覆满了草的地窖子出现在凄冷的月光下。掀起棉布门帘，苍老的父亲正一个人孤单地守在地锅前，锅底红红的火焰映照着他头上数不清的草末儿。

"爸——"我泣叫一声，一下子跪倒在了父亲的面前。

父亲一愣，看清是我，急忙把我拉了起来："快起来，回来了也好，吃饭了没有？"

那一夜，父亲只字未提卖房的事儿，只是絮絮地说了一宿母亲的事。我整整淌了一宿的泪。

刚过十五，我便告别父亲准备回学校。父亲抖着手从怀里掏出那个手绢打开，里面10块、5块、2块、1块的，竟然是100块钱："孩子，这是他们给我的看草垛的钱，你拿去。"

我的眼泪围着眼眶直转："爸，上回那钱还有呢，这个你留着吧。"

父亲一瞪眼："净瞎说，那钱除了还账估计早没了。我在家里好对付，你在学校处处都得用钱……爹就能给你这些了。拿着，孩子，就差半年了，不管咋样都要把书念完。你大学能毕业，爹就是死了也有脸去见你妈了。"

我的眼泪一下涌了出来，点着头接过了钱："爸，你多保重，我走了。"趁父亲没注意，我把一部分钱塞在褥子底下，转身爬出了地窖子。

在自己勤工俭学和朋友的帮助下，我终于完成了最后一个学期的学业。毕业后，我没作任何犹豫，回到了生我养我的家乡。

每当静下来,父亲头上沾满草末儿的形象便不时出现在我的眼前。我清楚,父亲的行动和身影已经深深地刻进了我的脑海,必将会影响我的一生……

阅读感悟

一切为了孩子,一切奉献给孩子,即使自己身处窘境也对孩子只字不提,这就是父亲。

谁能像父亲一样守候你一生

◆文/佚 名

她两岁的时候,有一次发高烧,昏迷不醒。父亲连夜抱着她去医院,路上,已经昏迷了一天的她,突然睁开眼睛,清楚地叫了声:"爸爸!"

父亲后来常常和她提到这件事,那些微小的细节,在父亲一次次的重复中,被雕刻成一道风景。每次父亲说完,都会感叹:"你说,你才那么小个人儿,还昏迷了那么久,怎么就突然清醒了呢?"

这时候,父亲的眼睛里满满的都是温柔和怜爱。说得次数多了,她便烦,拿话呛他,父亲毫不在意,只嘿嘿地笑,是快乐和满足。她的骄横和霸道,便在父亲的纵容中拔节生长。

父亲其实并不是个好脾气的人,暴躁易怒。常常,只是为一些鸡毛蒜皮的生活小事,便会和母亲大吵一场,每一次,都吵得惊天动地。父亲嗜酒,每喝必醉,醉后必吵。从她开始记事起,家里很少有过温馨平和的时候,里里外外,总是弥漫着火药的味道。

父亲的温柔和宠爱,只给了她。他很少当着她的面和母亲吵架,如果碰巧让她遇到,不管吵得多凶,只要她喊一声:"别吵了!"气势汹汹的父亲便马上低了头,偃旗息鼓。以致后来,只要爸妈一吵架,哥哥便马上叫她,大家都知道:只有她,是制伏父亲的法宝。

她对父亲的感情是复杂的,她一度替母亲感到悲哀,曾经在心里想:以后找男朋友,第一要求要性格温柔宽容,第二便是不嗜烟酒。她决不会找父亲这样的男人:暴躁,挑剔,小心眼儿,为一点小事把家里闹得鸡犬不宁。可是,做他的女儿,她知道自己是幸福的。

她以为这样的幸福会持续一生，直到有一天，父亲突然郑重地告诉她，以后，你跟爸爸一起生活。后来她知道，是母亲提出的离婚。母亲说，这么多年争来吵去的生活，厌倦了。父亲僵持了很久，最终选择了妥协，他提出的唯一条件，是一定要带着她。

虽然是母亲提出的离婚，可她还是固执地把这笔账算到了父亲的头上。她从此变成了一个冷漠孤傲的孩子，拒绝父亲的照顾，自己搬到学校去住。父亲到学校找她，保温饭盒里装得满满的，是她爱吃的红烧排骨。她看也不看，低着头，使劲往嘴里扒米饭，一口接一口，直到憋出满眼的泪水。

父亲叹息着，求她回家去，她冷着脸，沉默。父亲抬手去摸她的头，怜惜地说，看，这才几天，你就瘦成这样。她"啪"地用手中的书挡住父亲的手，歇斯底里地喊："不要你管！"又猛地一扫，桌子上的饭盒"咣当"落地，酱红色的排骨洒了一地，浓浓的香味弥漫了整个宿舍。

父亲抬起的手，尴尬地停在半空。依他的脾气，换了别人，只怕巴掌早落下来了。她看到父亲脸上的肌肉猛烈地抽搐了几下，说："不管怎样，爸爸永远爱你！"父亲临出门的时候，回头深深地看了她一眼。她看着父亲走远，坚守的防线轰然倒塌，一个人在冷清的宿舍里，看着满地的排骨，号啕大哭。

她只是个被父亲惯坏了的孩子啊。

秋风才起，下了晚自习，夜风已经有些凉意。她刚走出教室，便看见一个黑影在窗前影影绰绰，心里一紧，叫，谁啊？那人马上就应了声，丫丫，别怕，是爸爸。父亲走到她面前，把一卷东西交给她，叮嘱她："天凉了，你从小睡觉就爱蹬被子，小心别冻着。"她回宿舍，把那包东西打开，是一条新棉被。把头埋进去，深深吸了口气，满是阳光的味道，她知道，一定是父亲晒了一天，又赶着给她送来的。

那天,她回家拿东西。推开门,父亲蜷缩在沙发上,人睡着了,电视还开着。父亲的头发都变成了苍灰色,面色憔悴,不过一年的时间,意气风发的父亲,一下子就老了。她突然发现,其实父亲是如此的孤寂。呆呆地站了好久,她拿了被子去给父亲盖,父亲却猛然醒了。看见她,他有些紧张,慌忙去整理沙发上乱七八糟的东西,又想起了什么,放下手中的东西,语无伦次地说:"还没吃饭吧?等着,我去做你爱吃的红烧排骨……"她本想说不吃了,我拿了东西就走。可是看见父亲期待而紧张的表情,心中不忍,便坐了下来。父亲兴奋得像个孩子,一溜小跑进了厨房,她听到父亲把勺子掉在了地上,还打碎了一个碗。她走进去,帮父亲拾好碎片,父亲不好意思地对她说:"手太滑了……"她的眼睛湿湿的,突然有些后悔:为什么要这样伤害深爱自己的人呢?

她读大三那年,父亲又结婚了。父亲打电话给她,小心翼翼地说:"是个小学老师,退休了,心细、脾气也好……你要是没时间,就不要回来了……"她那时也谈了男朋友,明白有些事情,是要靠缘分的。

她心里也知道,这些年里父亲一个人有多孤寂。她在电话这端沉默良久,才轻轻地说:"以后,别再跟人吵架了。"父亲连声地答应着:"嗯,不吵了,不吵了。"

暑假里她带着男友一起回去,家里新添了家具,阳台上的花开得正艳。父亲穿着得体,神采奕奕。对着那个微胖的女人,她腼腆地叫了声:"阿姨。"阿姨便慌了手脚,欢天喜地地去厨房做菜,一会儿跑出来一趟,问她喜欢吃甜的还是辣的,口味要淡些还是重些;又指挥着父亲,一会儿剥棵葱,一会儿洗青菜。她没想到,脾气暴躁的父亲,居然像个孩子一样,被她调理得服服帖帖的。她听着父亲和阿姨在厨房里小声笑着,油锅嗞嗞地响,油烟的味道从厨房里溢出来,她的眼睛热热的。这才是真正的家的味道啊。

那天晚上，大家都睡了后，父亲来到她的房里，认真地对她说："丫丫，这男孩子不适合你。"她的倔犟劲儿又上来了："怎么不适合？至少，他不喝酒，比你脾气要好得多，从来不跟我吵架。"父亲有些尴尬，仍劝她："你经事太少，这种人，他不跟你吵架，可是一点一滴，他都在心里记着呢。"

她固执地坚持自己的选择，工作第二年，便结了婚。但是却被父亲不幸言中，她遗传了父亲的急脾气，火气上来，吵闹也是难免。他从不跟她吵架，但是他的那种沉默和坚持不退让，更让她难以承受。冷战，分居，孩子两岁的时候，他们离了婚。

离婚后，她一个人带着孩子，失眠，头发大把大把地掉，工作也不如意，人一下子便老了好多。有一次，孩子突然问她："爸爸不要我们了吗？"她忍着泪，说："不管怎样，妈妈永远爱你。"话一出口她就愣住了，这话，父亲当年也曾经和她说过的啊，可是她，何曾体会过父亲的心情？

父亲在电话里说，如果过得不好，就回来吧。孩子让你阿姨带，老爸还养不活你？她沉默着，不说话，眼泪一滴滴落下，她以为父亲看不见。

隔天，父亲突然来了，不由分说就把她的东西收拾了，抱起孩子，说，跟姥爷回家喽。

还是她的房间，阿姨早已收拾得一尘不染。父亲喜欢做饭，一日三餐，变着花样给她做。父亲老了，很健忘，菜里经常放双份的盐。可是她小时候的事情，父亲一件件都记得清清楚楚。父亲又把她小时候发烧的事情讲给孩子听，父亲说："就是你妈那一声'爸爸'，把姥爷的心给牵住了……"她在旁边听着，突然想起那句诗："老来多健忘，唯不忘相思。"

初春，看到她一身灰暗的衣服，父亲执意要去给她买新衣，他很神气地打开自己的钱包给她看，里面一沓新钞，是父亲刚领的退休金。她便笑，上前挽住父亲的胳膊，调皮地说："原来傍大款的感觉这么好！"父亲便像个绅士似的,昂首挺胸,她和阿姨忍不住都笑了。

　　走在街上,父亲却抽出了自己的胳膊,说,你前面走,我在后面跟着。她笑问,怎么,不好意思了?父亲说,你走前面,万一有什么意外,我好提醒你躲一下。她站住,阳光从身后照过来,她忽然发现,什么时候,父亲的腰已经佝偻起来了?她记得以前,父亲是那样高大强壮的一个人啊。可是,这样一个老人,还要走在她后面,为她提醒可能遇到的危险……

　　她在前面走着,想,这一生,还有谁会像父亲一样,守候着她的一生?这样想着,泪便止不住地涌了出来。也不敢去擦,怕被身后的父亲看到。只是挺直了腰,一直往前走。

阅读感悟

　　很多时候父母的无奈,年轻的我们是体会不到的。我们很可能因为无法理解他们的难处,而做出伤害他们的事情。等到自己也做了父亲或母亲,感同身受后,才体会到当年他们的良苦用心。

父亲的节日

◆文/佚　名

那一天，一个集体宴会上，一个长得很帅气的小男孩，转到我面前，扬着手中的一束花花草草，很兴奋的样子。这个调皮的小家伙，在一排花篮上抽抽取取，制作了一束鲜花。我逗他："给我吧。"他立刻紧张起来，将花藏到身后，一口回绝："不行，这是给我爸爸的。"

"为什么要给你爸爸呢？"我问。他扬起小脸："明天是父亲节呀！"

哦，是父亲节。我当着众人的面夸奖他："真是个懂事的孩子。"不料，他又扬起小脸，很认真地问我："你给你爸爸准备礼物了吗？"这一问竟让我无法回答。因为，我还未曾想到过给我的父亲准备礼物。

孩子看出了我的窘相，抽出一枝康乃馨，放在我的手里，"喏，你把这花带给你的爸爸吧，他一定会很高兴的。"

我接过花，看着他那张天真的笑脸，觉得这孩子是个有心人。

第二天早晨，是星期天，父亲来看我们了。父亲来，事先没有告诉我。他敲门的时候，我们还在梦乡中。看到父亲，我突然想起昨晚小男孩给我的花儿。那一枝花儿，我压根儿没有考虑带回来，顺手放在了饭桌上。我猜想，父亲知道今天是父亲节吗？

敲门声也唤醒了女儿，她揉揉眼睛，跳下床，来到我的跟前："爸爸，把眼睛闭上。"

我以为她要跟我撒娇，或者做捉迷藏的游戏，便佯装闭眼。

她从枕头旁边拿出一个手工做的桃子，放到我的手上。待我睁开眼，她在房间里欢呼雀跃："父亲节快乐，请爸爸吃桃子！"

父亲看着女儿，女儿看着我，我看着父亲，场面有些尴尬。父亲嘀咕了一句："父亲节？"随即像明白了什么似的，一个劲儿地夸着女儿，真是个懂事的乖孩子,将她引到阳台上玩。父亲的举动,很明显是在帮我解围。这一天,毕竟是父亲节,可我连一件礼物都没有准备。想到这儿,我的表情有些不自然。

过了一会儿,父亲又走过来,在裤兜里摸了半天,摸出一个鼓鼓的信封来,摆在桌上:"听你母亲说,你们买房子缺钱,我们想办法凑了点,你收好了。"我坚持不要,父亲显得有点不高兴:"咱们父子之间谁跟谁呀。等你们日子过好后,再孝敬我们也是一样的嘛!"

见我接下钱,父亲又开了口:"老家的杉木已成材,还有一些槐树、楝树,都伐倒了,放在河里浸泡,等秋凉时,就能动手打几件家具了,我们也帮不上你们什么大忙,能帮多少算多少。"

没说几句话,父亲就要走。留他吃饭,他说:"家里正忙着插秧,你母亲叫我早去早回。"母亲前几天刚从我这儿返乡,一定是她与父亲商量好了的。父亲说走就走,临行前,他到我的书房里,试探着问:"能不能把你写的书给我几本,带回去给庄上的人翻翻?"

拿书的时候,我突然发现书橱上有两张票,便递到父亲手里。父亲很开心:"是戏票吗?等秧插完了,陪你母亲来,她喜欢看戏哩。"

父亲拿着书,又带着戏票,欢欢喜喜地走了。我手里捏着父亲送来的厚厚一沓钱,沉默了好一阵子。

阅读感悟

"我"为什么会沉默?因为父亲给予"我"的太多,而"我"回报给他的实在太少了。在这里提醒读者朋友,每年六月的第三个星期天是父亲节,请大家不要忘记为父亲准备一份小礼物,并附上一个大大的拥抱和一句"爸爸,谢谢你"。

感谢父亲

◆文/吴富明

打工之前,父亲叫水生和他最后收割一次稻子。

父亲的身子就如镰刀一样,在湿田里不停地抖动着。父亲没和水生说一句话,只见稻子成堆地被父亲摆在身后。

水生想,父亲一生永远也改变不了老黄牛的本性。水生觉得自己是万万不能像父亲一样只知闷声干活的。

"歇歇吧,爹。"水生叫了一句,他感觉腰像散了架竟支不起来了。

父亲没有吱声,能听见的只是镰刀锯裂稻子的杂声。此时的父亲正沉浸在一片喜悦中,沉甸甸的稻穗在他手里就是一年的希望。

终于到了田的另一头。父亲才抬起头,轻轻直起身叫了句,水生,打穗啦。

歇够脚的水生从田埂上站起来下到水田中,转身抱了一把稻穗就打起来。

父亲放下镰刀,也过来打起穗。父亲打得很起劲,稻草里几乎没有了稻穗。父亲说,水生,打干净些,不饱满的谷子以后碾了糠还可以喂猪。

水生说,爹,这湿田烂地不好打,弄不好天就暗了。

父亲说,你这是最后一次跟爹收割稻子,你就好好打吧,说不定天暗之前就打好了。你以后出外打工可千万莫急性子呀。

水生说,爹,你就放心吧,我以后会留钱回来给你的。打工比收割稻子要强多了。

父亲没再说话。他手上的稻穗迎空而下，打得谷斗砰砰直响。

夕阳映在田里，像铺上了一层金粉。父亲说，水生，我打了一辈子稻，就喜欢这个时候的阳光，看起谷子来，像一粒粒金豆子呢。

水生说，爹，那是你的幻觉。小时候，我们村小学的语文老师也常这么形容的。现在，我看哪，这个时候是太阳小些了嘛。爹，你要不先歇歇？

父亲说，不歇了，趁早装袋吧。

父子俩将稻子装完袋后，夕阳就落下了。四周田里尽是散落的稻草，收割的人们正在往公路上抬包装车。

水生说，爹，请人抬吧。看谁家没个帮手的。

父亲说，将就吧，我还没老呢；何况你也在呀。

父亲躬背，将一袋稻子甩在背上，深一脚浅一脚就沿着田埂向公路上走。

水生也背了一袋。他想，父亲也真是的，老是这么死干，掏些钱请人背不就省事了。公路上不是有人正等活干吗？

父亲背得很吃力。

水生见了，心里一阵难受。他拖住父亲说，爹，你就歇着吧，我背就行。

父亲喘着粗气说，人老了，干这活气力上不中用了。唉。

你小心啊，别闪着腰，过几天，你还要去打工。父亲说这话时，脸上竟开始绽开了笑容，他一甩手又往背上压了一袋。

一星期后，水生离开父亲去省外打工了。

一家工厂要招收仪表工,来报名的人很多。

厂方代表说,不管你学历如何,有没有工作经验,只要能将厂方交代的事做得最好者,就录用。

每个来报名的人都拿到了一大堆宣传单。厂方代表说,谁要是将手中的单子发完,就可获得五十元,时间为一天。

开始行动了。有人不到半天就散完;有人请人散发;有人干脆往火中一烧了事。那些人早早地领到了五十元。厂方代表说,你们都不错,会动脑。

水生开始也这么想过别人的方法,别人也教过他。可是他突然想到了父亲割稻和背袋子时的情景,他就没有了别的念头。

于是,他挨个地发,整一天,他还没有完成任务。

第二天,他来厂代表处,交还剩下的单子。

厂方代表笑笑说,你呀,怎就不动脑呢,这五十元可是很好赚的。

水生说,我尽了我的努力,我能收获多少就是多少,我不想为此动歪心,不然,我以后就不能做正事了嘛。

厂方代表说,看不出你还不失农民本色。给,这五十元,是你的劳动所得。

水生说,可我没完成任务。

厂方代表说,这五十元可不是散单子那五十元,这是你的工作奖励,因为你被录取了。要知道,我们招收的不是推销员,而是仪表工,这是一项关系到生产安全的工作,要求人员认真、尽责,靠歪点子、走捷径是行不通的。其他的人挣的五十元那只能是辛苦费而已,与工作无关。

水生很激动。他这时才明白,一生像老黄牛干活的父亲为什么总是不轻易说歇,他是在为夕阳前所有的劳动争取一种结果。

三个月后,水生汇回了第一笔工资。他在汇言栏中只写了四个字:感谢父亲。

阅读感悟

水生的父亲用实际行动教给了儿子做人的道理。读完此文我们不得不感叹老父亲的智慧和良苦用心。

心酸的父爱

◆文/胥加山

腊月底去邮局给父母汇款，只因春节公司节日加班，我无法回家和父母团圆过节，寄点钱，权当给父母压岁，以表孝心。

邮局汇款的窗口人真多，人们自觉地排起队。来汇款的大多数是穿着体面的年轻人，也有一两位脸上略带愁容的民工，或许他们失落于生活不得已不能回家过年。负责汇款的柜员是一位年轻的"准妈妈"，她挺着大肚娴熟地敲打键盘，忙得缀有妊娠斑点的脸上生出一层密密的细汗。她一边忙着，一边安慰着排得有点不耐烦的顾客。

突然，人群中挤来一位衣衫褴褛、颈项中挂着一只破烂脏包的老人。一时，人群骚动了——他是一个行乞的老人，人们以为他要在此行乞。可老人只是试图尽力向窗口挤，始终没有伸出行乞之手。

老人使尽全力总算挤到了窗口，其实人们只是退避着他一身的脏臭的味道。当他向窗口伸出脏兮兮如枯树皮的手，有人替"准妈妈"说话了："这是公家的地方，到别处行乞！"

"准妈妈"一抬头，看到老人一脸的焦急，连忙起身，隔着玻璃窗，耐心地说："老师傅，你是要汇款吗？"老人颤巍巍地点点头。"准妈妈"正劝说老人汇钱要到后面排队去。这时，老人从怀中哆哆嗦嗦摸出几沓叠放整齐的角票，小心翼翼地说："姑娘，这是八百元，你点点数"准妈妈"接过钱，按票值大小点起数来。老人不时地冲"准妈妈"絮叨着几句："姑娘，你细点点，我点过十几次了，到今天才算凑齐了八百元，儿子一家人还等着过年呢！"

"准妈妈"很快点完了钱数,果真是八百元,她递给老人一张汇款单。一时老人犯难了,他不知从何下笔,回身,他用目光求助于人群。挨近老人的我,心中起了恻隐之心,帮起他的忙。

　　老人重复了几遍他儿子的家庭地址和姓名,生怕少了一字,钱汇不到家。我递给他填好的汇款单,他细看了近一两分钟后,才把单子递给"准妈妈"。顷刻,老人的汇款凭据打印出来。"准妈妈"又抬头说:"还差八元汇费!"老人犯难了,良久他才咬咬牙说:"在总数里扣吧!"倏忽间,我有一种心酸的感觉,朝"准妈妈"用目光示意我替老人交汇费。我提醒着老人:"老师傅,你有什么话要跟家人说吗?只说五个字,五字以外,一字收五毛钱!五字以内不收钱!"老人摇摇头,一脸苦笑。待他接过计算机打印的汇款凭单,正欲离去时,他用恳切的语气说:"好姑娘,你打错了,应该是七百九十二元,这怎么还是八百元呀!""准妈妈"笑着答他:"有人替你付了汇费!"

　　老人一脸感激的泪水,喃喃自语:"今天又遇好人了!谢谢!"

　　人群中有人问老人:"你这八百元行乞了多长时间?"

　　"两个多月呢!"

　　"你这么一大把年纪,怎不让儿子养,还……"

　　"唉,儿子患病在床,媳妇跑了,孙女还小。我做爹的,唯有出来讨要百家饭,来维持这个家了!"说着老人蹲在墙角观摩起手中的汇款凭据。

　　这时,"准妈妈"又重复替老人打印了一张写有附言的汇款凭据,请人递给了老人。老人接过又一张凭据,双眼顿时疑惑起来,那人笑着说:"有人帮你写了附言——爸好!你们好?"

　　蓦地,老人像个孩子哭了起来……

　　我出邮局门时,老人仍瘫坐在一角,脚旁的破瓷钵不时地传来一声、两声"叮当"的声响,而老人一脸幸福地盯着他手中的汇款凭据……

多么令人心酸的父爱，两个多月，风风雨雨，一个蹒跚而行的老人，靠走多少家，遭多少人的白眼，才行乞到八百元钱，而且八百元全部奉献给自己的儿子，自己却在年味渐浓的异乡飘泊不定……

看着老人一脸满足于儿子将有钱过节的幸福笑脸，泪水不知何时滴落在我的脸颊。这种爱的壮举，唯有两个字可以诠释——因为他是"父亲"！

阅读感悟

读过此文，我们更加深切地体会到了"可怜天下父母心"这句话的含义，话里的每一个字，都浸着泪，饱含着爱啊！

哑　父

◆文/佚　名

辽宁北部有一个中等城市,铁岭。在铁岭工人街街头,几乎每天清晨或傍晚,你都可以看到一个老头儿推着豆腐车慢慢走着,车上的蓄电池喇叭发出清脆的女声:"卖豆腐,正宗的卤水豆腐! 豆腐咧——"那声音是我的。那个老头儿,是我的爸爸。爸爸是个哑巴。直到长到二十几岁的今天,我才有勇气把自己的声音放在爸爸的豆腐车上,替换下他手里摇了几十年的铜铃铛。

两三岁时,我就懂得了有一个哑巴爸爸是多么的屈辱,因此我从小就恨他。当我看到有的小孩儿被妈妈使唤着过来买豆腐,却拿起豆腐不给钱不给豆子就跑,爸爸伸直脖子也喊不出声的时候,我不会像大哥一样追上那孩子揍两拳。我伤心地看着那情景,不吱一声,我不恨那孩子,只恨爸爸是个哑巴。尽管我的两个哥哥每次帮我梳头都疼得我龇牙咧嘴,我也还是坚持不再让爸爸给我扎小辫儿了。妈妈去世的时候没有留下大幅遗像,只有出嫁前和邻居阿姨的一张合影,黑白的二寸片儿,爸爸被我冷淡的时候,就翻过方镜的背面看照片,直看到必须做活儿了,才默默地离开。

最可气的是别的孩子叫我"哑巴老三"(我在家中排行老三),骂不过他们的时候,我会跑回家去,对着正在磨豆腐的爸爸在地上划一个圈儿,中间唾上一口唾沫。虽然我不明白这究竟是什么意思,但别的孩子骂我的时候就这样做,我想,这大概是骂哑巴的最恶毒的表示了。

第一次这样骂爸爸的时候,爸爸停下手里的活儿,呆呆地看我好久。泪水像河水一样淌下来,我是很少看到他哭的,但是那天他躲在豆腐坊里哭了一晚上。那是一种无声的悲泣。

因为爸爸的眼泪，我似乎终于为自己的屈辱找到了出口，以至以后的日子里，我会经常跑到他的跟前去骂他，然后走开，剩他一个人发一阵子呆。只是后来他已不再流泪，他会把瘦小的身子缩成更小的一团，偎在磨杆上或磨盘旁边，显出更让我瞧不起的丑陋样子。

我要好好念书，上大学，离开这个人人都知道我爸爸是个哑巴的小村子！这是当时我最大的愿望。我不知道哥哥们是如何相继成了家，不知道爸爸的豆腐坊里又换了几根新磨杆，不知道冬来夏至那磨得没了沿锋的铜铃铛响过多少村村寨寨……只知道仇恨般地对待自己，发疯地读书。

我终于考上了大学，爸爸头一次穿上 1979 年姑姑为他缝制的蓝褂子，坐在 1992 年初秋傍晚的灯下，表情喜悦而郑重地把一堆还残留着豆腐腥气的钞票送到我手上，嘴里哇啦哇啦地不停地"说"着，我茫然地听着他的热切和骄傲，茫然地看他带着满足的笑容去通知亲戚邻居。当我看到他领着二叔和哥哥们把他精心饲养了两年的大肥猪拉出来宰杀掉，请遍父老乡亲庆贺我上大学的时候，不知道是什么碰到了我坚硬的心弦，我哭了。吃饭的时候，我当着大伙儿的面儿给爸爸夹上几块猪肉，我流着眼泪叫着："爸爸，您吃肉。"爸爸听不到，但他知道了我的意思，眼睛里放出从未有过的光亮，泪水和着散装高粱酒大口地喝下，再吃上女儿夹过来的肉。我的爸爸，他是真的醉了，他的脸那么红，腰杆儿那么直，手语打得那么潇洒！要知道，十八年啊，十八年，他从来没见过我对着他喊"爸爸"的口型啊！

爸爸继续辛苦地做着豆腐，用带着豆腐淡淡腥气的钞票供我读完大学。1996 年，我毕业分配回到了距我乡下老家 40 里的铁岭。安顿好了以后，我去接一直单独生活的爸爸来城里享受女儿迟来的亲情，可就在我坐着出租车回乡的途中，车出了事故。

我从大嫂那里知道了出事后的一切——过路的人中有人认出这是老涂家的三丫头，于是腿脚麻利的大哥二哥大嫂二嫂都来了，看着浑身是血不省人事的我哭成一团，乱了阵脚。最后赶来的爸爸拨开人群，抱起已被人们断定必死无疑的我，拦住路旁一辆大汽车，他用腿支着我的身体，腾出手来从衣袋里摸出一大把卖豆腐的零钱塞到司机手里，然后不停地划着十字，请求司机把我送到医院抢救。嫂子说，一生懦弱的爸爸，那个时候，显出无比的坚强和力量！

在认真地清理伤口之后，医生让我转院，并暗示哥哥们，我已没有抢救价值，因为当时的我，几乎量不到血压，脑袋被撞得像个瘪葫芦。

爸爸扯碎了大哥绝望之际为我买来的丧衣，指着自己的眼睛，伸出大拇指，比画着自己的太阳穴。又伸出两个手指指着我，再伸出大拇指，摇摇手，闭闭眼，那意思是说：你们不要哭，我都没哭，你们更不要哭，你妹妹不会死的，她才20多岁，她一定行的，我们一定能救活她！医生仍然表示无能为力，他让大哥对爸爸说："这姑娘没救了，即使要救，也要花好多好多的钱，就算花了好多钱，也不一定能行。"爸爸一下子跪在地上，又马上站起来，指指我，高高扬扬手，再做着种地、喂猪、割草、推磨杆的姿势，然后掏出已经空的衣袋儿，再伸出两只手反反正正地比画着，那意思是说："求求你们了，救救我女儿，我女儿有出息了不起，你们一定要救她。我会挣钱交医药费的，我会喂猪、种地、做豆腐，我有钱，我现在就有四千块钱。"

医生握住他的手，摇摇头，表示这四千块钱是远远不够的。爸爸急了，他指指哥哥嫂子，紧紧握起拳头，表示："我还有他们，我们一起努力，我们能做到。"见医生不语，他又指指屋顶，低头跺跺脚，把双手合起放在头右侧，闭上眼，表示："我有房子，可以卖，我可以睡在地上，就算是倾家荡产，我也要我女儿活过来。"

又指指医生的心口，把双手放平，表示："医生，请您放心，我们不会赖账的。钱，我们会想办法。"大哥把爸爸的手语哭着翻译给医生，不等译完，看惯了生生死死的医生已是泪流满面。他那急速的手势，深切而准确的表达，谁见了都会泪下！

医生又说："即使做了手术，也不一定能救好，万一下不来手术台……"爸爸肯定地一拍衣袋，再平比一下胸口，意思是说："你们尽力抢救，即使不行，钱一样不少给，我没有怨言。"伟大的父爱，不仅支撑着我的生命，也支撑起医生抢救我的信心和决心。我被推上了手术台。

爸爸守在手术室外，他不安地在走廊里来回走动，竟然磨穿了鞋底！他没有掉一滴眼泪，却在守候的十几个小时的时间起了满嘴大泡！他不停地混乱地做出拜佛、祈求天主的动作，恳求上苍给女儿生命！

天也动容！我活了下来。但半个月的时间里，我昏迷着，对爸爸的爱没有任何感应。面对已成"植物人"的我，人们都已失去信心。只有爸爸，他守在我的床边，坚定地等我醒来！

他粗糙的手小心地为我按摩着，他不会发音的嗓子一个劲儿地对着我哇啦哇啦地呼唤着，他是在叫："云丫头，你醒醒；云丫头，爸爸在等你喝新出的豆浆！"为了让医生护士们对我好，他趁哥哥换他陪床的空当，做了一大盘热腾腾的水豆腐，几乎送遍了外科所有医护人员，尽管医院有规定不准收病人的东西，但面对如此质朴而真诚的表达和请求，他们轻轻接过去。爸爸便满足了，便更有信心了。他对他们比画着说："你们是大好人，我相信你们一定能治好我的女儿！"这期间，为了筹齐医疗费，爸爸走遍他卖过豆腐的每一个村子，他用他半生的忠厚和善良赢得了足以让他的女儿穿过生死线的支持，乡亲们纷纷拿出钱来，而父亲也毫不马虎，用记豆腐账的铅笔歪歪扭扭却认认真真地记下来：张三柱，20元；李刚，100元；王大嫂，65元……

半个月后的一个清晨，我终于睁开眼睛，我看到一个瘦得脱了形的老头儿，他张大嘴巴，因为看到我醒来而惊喜地哇啦哇啦大声叫着，满头白发很快被激动的汗水濡湿。爸爸，我那半个月前还黑着头发的爸爸，半个月，老去二十年！

我剃光的头发慢慢长出来了，爸爸抚摩着我的头，慈祥地笑着，曾经，这种抚摩对他而言是多么奢侈的享受啊。等到半年后我的头发勉勉强强能扎成小刷子的时候，我牵过爸爸的手，让他为我梳头，爸爸变得笨拙了，他一丝一缕地梳着，却半天也梳不出他满意的样子来。我就扎着乱乱的小刷子坐上爸爸的豆腐车改成的小推车上街去。有一次爸爸停下来，转到我面前，做出抱我的姿势，又做个抛的动作，然后捻手指表示在点钱，原来他要把我当豆腐卖喽！我故意捂住脸哭，爸爸就无声地笑起来，我隔着手指缝儿看他，他笑得蹲在地上。这个游戏，一直玩儿到我能够站起来走路为止。

现在，除了偶尔的头疼外，我看上去十分健康。爸爸因此得意不已！我们一起努力还完了欠债，爸爸也搬到城里和我一起住了，只是他勤劳了一生，实在闲不下来，我就在附近为他租了一间小棚屋做豆腐坊。爸爸做的豆腐，香香嫩嫩的，块儿又大，大家都愿意吃。我给他的豆腐车装上蓄电池的喇叭，尽管爸爸听不到我清脆的叫卖声，但他是知道的，每当他按下按钮，他就会昂起头来，满脸的幸福和知足，对我当年的歧视竟然没有丝毫的记恨，以至于我都不忍向他忏悔了。

阅读感悟

在"我"生命垂危之际，父亲用坚强的信念支撑了"我"的生命，文中的父亲不能说话，可他无声的爱却感动了我们所有人。

独臂父亲

◆文/佚　名

　　突然间发现父亲老了，是在昨日为他过完七十大寿后。坐在返程的车上，偶一回头，竟然发现父亲泥塑一般站在原地，向车子驶离的方向眺望着。他那瘦骨嶙峋的身躯、黧黑多皱的面容、颤巍巍的步履、迎面舞动的空袖管，霎时勾起了我无限的悲怜和忧伤。虽明知花开花落、冬去春来是不可抗逆的自然规律，但我就是不明白，岁月为何竟这般无情，把父亲重塑成如此模样。

　　记忆的大门缓缓开启，关于父亲的点滴像一串散落在地的珍珠，我俯下身，用心线一颗一颗地穿了起来。

　　父亲没有右臂！

　　从我记事起，所能见到的就是父亲那粗糙有力的左手，以及让我充满好奇的空荡荡的右袖管。那时我总喜欢把手伸进父亲的右袖管里摸，袖管却像个无底洞，永远也摸不到头。那时我总爱问父亲把那只手藏哪儿了，而父亲总是黯然神伤。后来，年龄渐长，才从奶奶口中得知，我尚在母腹时，可恶的病魔就夺去了父亲的右臂。

　　在那个刚刚解决了温饱问题的年代，一个生龙活虎的男人，一个需要养家糊口的男人陡失右臂，简直如同天塌地陷一般。父亲几乎丧失了生活下去的勇气，他无法面对已成残疾的自己，他想到了死。但是当他看到自己年迈的父母，看到我柔弱的、怀有身孕的母亲，看到我两个年幼的哥哥时，父亲的心被片片撕碎，他舍不得这个家，舍不得抛开我们啊！

　　那段时间，太阳似乎总是慢吞吞地升起，然后又急匆匆地落下，百草凋零，愁云惨雾笼罩着这个原本欢歌笑语的家。然而，父亲，他还是坚强地站起来了！

为了能尽快自理，父亲便从日常生活小事做起，逐渐地，他学会了用左手穿衣，用左手吃饭，用左手写字，甚至单手骑自行车……

苦难的日子似乎永远也熬不到头，转过年，我又呱呱坠地来到这个世上，家里的生活更苦了。

记不清我长到第几个年头，反正那年的冬天好像特别冷。以前的乡下不像现在，几乎家家户户都用上了自来水，即使没有自来水，也有机井，那时生活用水完全靠肩挑。那天，外面飘着雪花，家里的水缸已是底朝天了，母亲还在别人家绣花，父亲偷偷担起了水桶，这是他病愈后第一次挑水。我扯着父亲的袖管，一步一滑地跟着父亲来到离家不远的那眼水井。当父亲用井绳把水桶放下井时，水桶与井水似乎故意跟父亲过不去，无论怎样用力摇动井绳，水桶依然在水里打着旋、翻着跟斗，就是不肯就范。

不知过了多久，父亲终于制伏了水桶。开始提水了，父亲的腰弯成九十度，左手用力一拉，独臂高高举起，停在半空中，再用左脚迅疾踩住井绳，然后再用力，再用脚踩住，两桶水就这样被一寸一寸地提了上来。父亲的手此时已是血迹斑斑，殷红的血染透了井绳，已被水打湿了的井绳和着血，不一会儿就结成了血冰！血冰啊！现在每每想起那根血染的井绳，想起那血冰，我的心依然在发抖，在作痛！

为撑起家的天空，父亲在身体刚恢复不久，就与母亲一起挑起了家庭生活的重担，辛苦经营着这个残缺而贫困的家。那是一种怎样的窘况啊：吞糠咽菜，食不果腹，衣不蔽体。多少个赤日炎炎的长夏，父亲头顶烈日，汗洒泥土，以其残疾之身为儿女刨来果腹之物。喝下肚的稀菜粥不一会儿就随着汗水排出，无奈的父亲在潮湿的田间躺下，为的是让腹中之物能够消化得慢一些，再慢一些。

在那个一个工分只值一毛钱甚至更少的年代，为了能够多挣些工分，父亲不顾自己病残之躯，谢绝了队长让他随妇女干活的好意，和那些身强力壮的叔叔伯伯们一起，推起了独轮小推车。当别人很快把粪筐装满,推起小车健步如飞时,父亲的粪筐却连一只都未填满。他拒绝了好心人的帮助,他说:"你们帮得了我一时,帮不了我一世,我能行!"父亲用那只不知磨破了多少次的左手,用并不粗壮的胳膊夹着铁锨,一下,两下,三下……用力地铲着粪土。终于,两只粪筐被填满了,汗湿的衣服却紧紧地贴在了父亲的后背上。

"我能行!"多么朴实的话语,却又是多么地掷地有声啊!也许正是这种精神,支撑着父亲度过那个艰难的岁月。

几度风雨,几度春秋。一晃,我们三兄妹已长大,也和正常人家的孩子一样,我们背起书包,进了学校。父亲虽然没有读过多少书,但十分崇尚知识。从我们上小学的第一天起,父亲就给我们制定了严格的奖罚政策:每门课以80分为基准,满80分,奖自制的"陀螺"一个;少一分,屁股上就得挨一顿鞋底。即使是现在,每当两个哥哥想起父亲的鞋底,仍感到心有余悸。

在严格要求我们学习的同时,父亲还时刻不忘教我们如何做人,他时常告诫我们,人穷志不能短。所以时至今日,我的记忆中仍然清楚地记得自己唯一一次挨打的情形。

那是一个夏日的午后,邻家孩子到我们家玩,她的手中拿着一根鲜嫩的黄瓜。我两眼放光,直勾勾地盯着,几次咽下就要流出的口水。二哥似乎看出我的心事,傍晚他带我到邻居的菜园中,偷偷地摘了一根小黄瓜塞给我,谁知刚咬了一口,还未来得及咽下,即被邻居发现,邻居跑到我家,向父亲告了我们兄妹一状。

自知大事不妙的二哥,撒腿就跑,一溜烟儿便不见了踪影。逮不着二哥,父亲把气全撒到了我身上,他一把揪住我,不顾母亲的哀求及奶奶的怒斥,扒下我的裤子,抄起一根拇指粗的棍子,在我的屁股上狠狠地揍了起来。由于极度惊吓,我缩在奶奶的怀里,良久哭不出声来。当我好不容易缓过神时,"哇"的一声哭了起来,我不明白,为什么别家的菜园子里可以种西红柿、黄瓜,而我们家的偏要种玉米。晚上摸着我红肿的屁股,望着我泪痕斑驳的脸,父亲竟哽咽无语,泪水像开了闸的水渠般,纵横着倾倒在他瘦削的脸庞上。那年我七岁。

艰苦的岁月锻造着父亲钢铁一般的意志,凭着自己顽强不息的拼搏精神,父亲赢得了村民们的交口称赞。在那一年的村干部改选中,父亲成了百十来户人家的"领头羊",他肩上的担子更重了。

当时我们村有个出了名的懒汉,人送外号"烂菜帮",他的好吃懒做,在我们那一带恐怕连三岁的孩子都能说出个八九不离十。为了帮助他,父亲煞费苦心,但收效甚微。有一年的大年三十晚上,家家户户都在吃饺子,放鞭炮,父亲由于放心不下"烂菜帮"一家,刚拿起筷子又放下了,他来到他们家。进门之后,父亲惊呆了,只见一张破得不能再破的饭桌前围坐着四个孩子,每个孩子的手里端着一碗米饭,细看之下才发现,所谓的一碗米饭,竟然用三分之二的地瓜干垫底! 而他们夫妻碗里,则是黑乎乎的地瓜干。见到父亲,懒汉妻禁不住潸然泪下。此情此景实在令人心酸! 父亲顾不得辈分,忍不住把"烂菜帮"一顿臭骂,然后跑回家,端来了水饺,捧来了白面大枣饽饽。饥肠辘辘的父亲看到懒汉的四个孩子风卷残云般地抢食了饺子,又抢吃饽饽时,父亲对"烂菜帮"说:"记住,咱是爷们儿! 是爷们儿,就要活出个样儿来!"

"是爷儿们,就要活出个样儿来!"父亲是这样说的,也是这样做的。由于出色的工作成绩,父亲连年被上级党委授予"优秀村支书""先进个人"等荣誉称号,大红奖状贴满了简陋的小屋,父亲笑了……

如今,父亲已年届花甲,岁月的葛藤已爬满父亲的额头,眼看,我们也各自成家立业了。每当儿孙绕膝、共享天伦时,我总能从父亲那菊花般的笑脸中读懂那里面的内容,那是一种满足,一种历经风雨、历经沧桑之后的满足。我那宝贝女儿也一如当年的我,总喜欢扯着父亲的袖管,稚声地问:"姥爷,你把手藏哪儿去了?"父亲不再黯然,不再回避,他不厌其烦地讲给我女儿听……

父亲啊,在过去风风雨雨的岁月中,是您牵着儿女的手,一步步进入人生的殿堂,教我们如何学好本领,成为社会有用之人;教我们如何真情待人,成为大家喜欢之人;教我们如何果断处事,成为独立自主之人。您更以自己的行动告诉所有人:身残不可怕,可怕的是志残!

　　纵使是丹青高手,也难以勾勒出父亲您那坚挺的脊梁;即使是文学泰斗,也难以刻画父亲您那不屈的精神;即使是海纳百川,也难以包罗父亲您对儿女的关爱!

　　可敬的独臂父亲!

阅读感悟

　　父爱是一座巍峨高山,他以独臂托起生活的艰辛犹如脚下沉稳的大地,他又一步步引领我们穿越岁月的风雨,培养我们成为生活的强者。

两个白菜包子

◆文/周海亮

　　大概有那么两年的时间，父亲在中午拥有属于他的两个包子，那是他的午饭。记忆中好像那是八十年代初期的事，我和哥哥都小，一人拖一把大鼻涕，每天的任务之一是能不能搞到一点属于一日三餐之外的美食。

　　父亲在离家三十多里的大山里做石匠，早晨骑一辆破自行车走，晚上骑这辆破自行车回。两个包子是他的午餐，是母亲每天天不亮点着油灯为父亲包的。其实说那是两个包子，完全是降级了包子的标准，那里面没有一丝的肉末，只是两滴猪油外加白菜帮子末而已。

　　父亲身体不好，那是父亲的午饭。父亲的工作是每天把五十多斤重的大锤挥动几千下，两个包子，只是维持他继续挥动大锤的资本。

　　记得那时，家里其实已经能吃上白面了，只是很不连贯。而那时年幼的我和哥哥，对于顿顿的窝窝头和地瓜干总是充满了一种刻骨的仇恨。于是，父亲的包子，成了我和哥哥的唯一目标。

　　现在回想起来，我仍然对自己年幼的无知而感到羞愧。

　　为了搞到这两个包子，我和哥哥每天总是会跑到村口去迎接父亲。见到父亲的身影时，我们就会高声叫着冲上前去。这时父亲就会微笑着从他的挎包里掏出本是他的午饭的两个包子，我和哥哥一人一个。

　　包子虽然并不是特别可口，但仍然能够满足我和哥哥的嘴馋。

　　这样的生活持续了两年，期间我和哥哥谁也不敢对母亲说，父亲也从未把这事告诉母亲。所以母亲仍然天不亮就点着油灯包着两个包子，而那已成了我和哥哥的零食。

　　后来家里可以顿顿吃上白面了，我和哥哥开始逐渐对那两个包子失去了兴趣，这两个包子才重新又属于我的父亲。而那时我和哥哥，已经上了小学。

关于这两个包子的往事，多年来我一直觉得对不住父亲。因为那不是父亲的零食，而是他的午饭。两年来，父亲为了我和哥哥，竟然没有吃过午饭。这样的反思经常揪着我的心，我觉得我可能一生都报答不了父亲的这个包子。

前几年回家，饭后与父亲谈及此事，父亲却给我讲述了他的另一种心酸。

他说，其实他在工地上也会吃饭的，只是买个硬窝窝头而已。只是那么一天，他为了多干点活儿，错过了吃饭的时间，已经买不到窝窝头。后来他饿极了，就吃掉了本就应属于他的两个包子。后来在村口，我和哥哥照例去迎接他，当我们高喊着"爹回来了，爹回来了"，父亲搓着自己的双手，他感到很内疚，因为他无法满足他的儿子。

他说："我为什么要吃掉那两个包子呢？其实我可以坚持到回家的。我记得那时你们很失望，当时，我差点落泪。"

父亲说，为这事，他内疚了二十多年。

其实这件事我早忘了，或者当时我确实是很失望，但我确实忘了。我只记得我年幼的无知，或者我并不真的需要那个包子。然而我的父亲，他却为了一次不能满足于他的儿子，内疚了二十多年。

阅读感悟

为了满足年幼的儿子，不惜把有限的口粮留给儿子当零食吃，而自己却长年累月地饿肚子，这就是无私的父爱。

父　亲

◆文/乔黎明

又该去上学了,我急忙收拾东西。

"要多少钱?"父亲坐在门槛上问我。"要一百五。"我小声答。"够不够?"父亲又问。我本想说:"不够。"但迟疑了一下,终于说:"够。"父亲好像看出了我的心思,说:"我这里有两百块,你都拿去。到学校要舍得吃,不要节约,该用就用。有个三病两痛的,要及时看,不要拖。听到没?"

"嗯。"我一边接钱一边答到。

"到学校去要专心读书,听到没? 每回都拿恁多钱,你晓得农村挖两个钱不容易。今天的钱还是你爸爸昨天晚上到人家那儿去借的。"母亲在一旁说。

"你说些啥? 你看你说些啥。明娃都恁么大的人了,他自己还不晓得专心读书? 这还要你紧说? 钱,让他拿宽绰点儿,吃得好点儿,我看也没啥不好。家里没钱,没钱还有我呀,我晓得想办法。只要他好好读书,我砸锅卖铁都送!"父亲盯着母亲说。母亲就无话,去忙她的活了。

那时,晨光正照着父亲那因过度劳累而过早苍老的脸。我鼻子陡地一酸,有些想哭。

"东西收拾好了没?"父亲问我。"收拾好了。"我小声回答。

父亲进屋背起我装满东西的背篼,说:"走,我送一下你。哦,你还有啥东西忘在屋里头没?""没有啥了。"

一路上都无语。我觉得父亲的脚步就踏在我的心扉,沉沉作响。我一直都低头跟在父亲身边,没敢看父亲,怕父亲那一脸的岁月会碰落我的泪水。到了街上，父亲一看车还没来，就放好东西，然后对我说："你等着车，我去卖了辣子马上就来。"等了一会儿，车没来，父亲背着一个大背篼来了。"车还没来？"父亲问我，满脸的汗。

"没来。"我小声回答。

"你的辣子刚才卖多少钱一斤？"有人问父亲。

"唉，便宜得很，才3块多点儿。"父亲答，一脸的苦。

我觉得有些东西在我眼眶里滚动，忙努力忍了忍，终没让它们滚落下来。又等了很久，车还是没来。街上的人都开始吃晌午饭了。我已饿了。

"饿了吗？"父亲问。还没容我回答，父亲又说："你看好东西，我去给你弄点吃的来。"说着朝一个饭店走去。不大一会儿，父亲就给我端来了一大碗热气腾腾的肉丝面。

"咸淡合适不？"父亲望着我，问。"合适。"我一边吃一边回答。

我吃完了才想起父亲也没吃午饭，就说："爸爸，你也去吃一碗吧。"

"我不饿，早饭吃得多。"父亲说。他似乎还想努力笑一下，终没笑成。说完就拿过碗要去还。忽然，父亲又问我："吃饱了没？""饱了。"我发觉我的声音有些嘶哑，忙别过脸去。又等了好一阵，车还没来。"恁迟了，还没车，怕你上学要迟。"父亲说，一边朝车来的方向望。"爸爸，你回吧，我一会儿自己上车。"我边劝父亲。"那哪儿要得。你恁多东西，一会儿车来了你自己能上？"父亲笑着说，"还是我多等会儿。""那你去买点儿东西吃。"我望着父亲，几乎是恳求。"那要得，我去买个锅盔吃。"父亲说着就向近旁的一个锅盔摊走去。锅盔很便宜，5毛钱一个。父亲拿起一个锅盔正要付钱，车来了。父亲忙放下锅盔朝我跑来，一边说："不买了，反正我可以回去吃饭，快，你快上车。我来放东西。"父亲说完就背起我的背篼往车顶棚上吃力地爬。我的泪水一下子就涌了出来……

我晓得还有十几里山路等着空腹的父亲一步一步地去量；我晓得父亲为了送我读书硬戒了十九年的烟；我也晓得我为了所谓的面子，曾多次伤了父亲的心！

文中父亲背着"我"的背篓往车顶棚上吃力爬的情形，不禁让我们想到了朱自清的父亲吃力地爬过月台为他买橘子的背影。不同的父亲，不同的背影，相同的，是对子女浓浓的爱。

坚硬的豆腐

◆文/何　言

爹做了8年豆腐了。

那年，我正读高二。

那年，哥哥扛着铺盖卷儿从矿上回了家，说是下岗了。

那个夜晚月很明，晃得我久久没有一丝睡意；那个夜晚风很急，刮得爹翻来覆去直叹息。娘也一样没合眼，鸡还没怎么叫，爹就下炕了。不一会儿，灶房里就流出了豆子滚动的"哗啦哗啦"声。

天刚亮的时候，梦在一片豆腐的馨香味中沉溺流连着，久久未能走出来。直到院门小心翼翼"咯吱"轻叫了一声，我才一骨碌爬了起来。眼睛贴近窗棂，透过薄薄的晨雾朝外张望着，顿时，我泪眼蒙眬——爹躬身推着一辆破旧的手推车，车上放着那个圆圆的豆腐筐子。爹没有回头，急匆匆走进了雾霭中。好大一会儿才隐隐约约听到爹憋着嗓子怪怪地喊了一声——"热豆腐啦！"那叫声有羞怯，有试探，还有几分豁出去的勇气。

一瞬间，泪水夺眶而出，刷拉拉打湿了那个清晨。躺在被窝里，我哭得很淋漓。

爹半晌才回来，很疲惫的样子。见我眼圈红红的，爹淡然一笑说："人家都说我做的豆腐香呢。"

那一刻泪水夺眶而出，热辣辣爬过脸颊。我赶忙扭过头，装模作样拾掇着书包。心里想着，从今以后，这只书包的分量就更重了，除了越来越厚重的书本外，里面所含纳的东西更多更沉。

从此，家里就一直飘溢着豆腐的芳香气息。自那个早晨起，爹那声带着颤音的叫卖便在这个城郊小村扎下了根。只是那叫声愈来愈高亢，愈来愈圆润。炊烟在爹的叫卖声中此起彼伏，声声叫卖里，有了我们家的一日三餐，也有了我的殷殷苦读。村里很多人都看透了爹，能从爹的叫卖声里识别爹的心事，都说爹的声音是一步步高起来的——先是因为我学习成绩节节攀升——接着是我考上了省城的重点大学——再后来就是我找到了一份称心的工作……

爹的豆腐滋养了我，滋养了一个家，也滋养了村里纯朴的风情。爹离不了村子，村子也少不得爹的叫卖声。我几次对爹说："爹，您就不要再卖豆腐了，现在我有钱了，您也该享享清福了。"可爹总是摇摇头，淡然地笑笑，说："爹喜欢做就让爹做吧。"

一个春阳熠熠的上午，爹的叫卖声在与一个小菜市场的出口处僵住了。他先是听到市场那头人声嘈杂，隐隐约约像是急急躁躁喊着抓贼呀什么的。紧接着就见两个壮汉惊慌失措地朝自己的方向跑来，后面跟着个披头散发的女人，女人边追边歇斯底里地喊着："抓贼呀——快抓贼呀！"爹明明看到市场两边站着很多人，男的，女的，还有几个卖肉的屠夫，他们手里分明都提着明晃晃的刀子呀，可爹看到他们一动没动，像是在看一场游戏。

一秒，两秒，眼看着那两个凶悍的人就窜到爹跟前了。此时的爹意识一片空白，他想都没想就从筐子里摸出了一大块豆腐，瞄都没瞄就径直摔上了前面的那个"贼"。匪夷所思，那个壮得像头牛的"贼"竟啪嗒一下子摔倒了。爹先是仰着头看到了刺眼的阳光，接着就晕眩了。他分明感觉到一丝麻酥酥的凉意渗进了他的胸膛，他知道那是一把刀子，是一把惶恐至极的锋利的刀子，那把刀子丧心病狂地刺进了他的身体里。

躺在医院的急救室里，爹微微睁开眼睛望着我，吃力地笑了笑，恹恹地问一句："我还能卖豆腐吗？"

街头巷尾都在议论一个话题——一个卖豆腐的小老头儿怎么会有那么大的劲儿呢？还有，就那么一块软巴巴的豆腐咋就那么坚硬呢，能把一个壮汉一下子击倒？

审讯室里,那个被击倒的贼说,击倒我的并不是那块豆腐,而是那个小老头儿的勇气。

一块块鲜嫩的豆腐,凝结着父亲对儿女的挚爱;一缕缕豆腐的清香,凝聚着父亲正直善良的美德。

敲　雪

　　睡到半夜,忽然觉得好冷。也许,外面下雪了,我想。我蜷着身子,强迫自己再睡。不知过了多久,迷迷糊糊中,我听到了屋前屋后的惊叫声。睁开眼,天亮了,透进屋的亮光,冷冷地泛着朦胧。

　　好久没见过雪了! 我顾不上睡觉,一骨碌爬起来,小跑着跨出门。屋檐下,我极目远眺,整个世界全是一片白,白得晃眼。慢慢收回目光,我就看见了父亲。

　　父亲站在屋对面的小路上。他眼下,是一丛一丛的雪枝。我知道,托着雪的,是密密麻麻的树枝。每到春天,那些树枝就开出一堆一堆的杏花、李花、桃花,五彩缤纷的,像一片花的海洋。花一天一天地谢了,青涩的果子藏在绿叶间,一天一天地长大了,泛红了。父亲的笑容也多起来,有时不知不觉就到了树下。开始,父亲轻轻掰下枝丫,寻找枝叶间还没完全长出来的果子,偶尔发现米粒大的一颗,也要小跑回家雀跃着向全家人报喜。后来,父亲就踮着脚尖,痴痴地看,痴痴地闻,即使枝丫垂到眼皮下,也舍不得动一指甲,生怕惊跑了它们。果子渐渐成熟了,父亲停了农活,从早到晚蹲在树下守着,守着我们的"书本"。我们兄弟多,家里又没有其他收入,读书全靠它。到了上市季节,父亲就在树下铺几床棉絮,说这样落下的果子就不会摔烂,能卖个好价钱。卖果子的钱,父亲一分一厘也不花,全存着,刚好够我们读一年书的,所以,只要我们目不转睛盯着父亲担子里那些红嘟嘟的杏呀、李呀、桃呀的时候,父亲总是拍着我们的头说:"馋了吧? 这可不是吃的,它是你们的书本啊,不想读书吗?"我们一起点头:"想读"还想吃吗?""不想!"我们一起咽口水,狠狠摇头。从此,我们就把那些杏呀、李呀、桃呀叫"书本"了。

可是，这不是果树开花、结果的季节呀，父亲看那些雪树做啥呢？我很是不解。

我朝父亲走去，踩着积雪，吱吱地响。雪挤进鞋里，有一丝浸骨的寒意。眼前，是一串深深的脚印，我想那应该是父亲的，我仿佛听到了父亲踏着积雪的声音。鞋里的雪越挤越多了，我只好把脚放进父亲踩出的脚印里。我腿短，父亲步与步之间拉得很长，看样子走得很急。尽管这样，三个脚印我还是能踏中两个。因为雪被踩实了，挤进鞋里的也就少多了。

走到父亲面前，父亲看了看我，说："星期天，多睡会儿吧！"我不回答父亲的话，不解地问："您看这树干吗？春天还早。""真的还早吗？快了快了！可是？"父亲顿了顿，脸上露出了忧郁，"这雪太大了，你看，树枝压断了好多。"我细细一看，真的，一些断枝落在地上或是横在树上，全被雪掩住了，不仔细看根本看不出来。

"回去拿根竹竿来吧。"父亲沉吟了一阵，对我说。我怔了怔，一下子明白了父亲的用意，于是，回家找来一根稻田里赶鸭子用的长竿。父亲站在树下，竹竿伸到枝头，慢慢地，轻轻地把积雪一点一点敲下来……几十棵果树，父亲整整敲了一个上午。父亲回到家，头上、脸上、身上，全是雪。给体温融化的雪水，湿透了父亲的衣服。我连忙烧起一堆旺旺的柴火，父亲站在火堆上，还在瑟瑟发抖。

这天晚上，父亲问我："今晚还会下雪吗？""下呀，老师说'瑞雪兆丰年'，下得越大越好！"我说。"我娃儿有长进了，好，那就下吧！"父亲抚摸着我的头，频频颔首。

晚上，果真又下起了大雪。父亲怎么也睡不着，他耳朵支棱着，听着外面的风吹草动。"睡呀，你怎么了？"母亲不耐烦了。"你懂啥？这叫听雪！"父亲的声音很大，传进篱笆墙另一边的我们的耳里，我和弟弟就哈哈地笑，笑父亲不会用词，雪，是能听的么？

半夜，父亲突然翻身跳下床，惊醒了我们。我们问他怎么了，父亲说:"我听到树枝又断了,一声连一声,我得敲雪去。"我们说这么远,听不到,那是幻觉,睡吧睡吧。可是父亲不理会我们,拖着竹竿,打着手电就出了门。我们穿了衣服撵出去,在屋檐下看见的已是一束在树下晃来晃去的亮光了。看了一会,冷得不行,我们只得跑进了被窝。

天亮,父亲回家,把我们全都摇醒,高兴地说:"一根树枝也没断,你们又能上学了,又有书本了。"父亲的牙齿咯咯直响,磕得不听使唤。第二天,父亲就病了。

冬天完了,春天来了,夏天也来了,杏呀、李呀、桃呀,比哪一年都大,都红,父亲的病却一直不见好转。我挑了两个又大又甜的桃,捧到父亲床前,说:"爸,您尝尝,好甜呢!"父亲挣扎着撑起身子,劈手打掉我手里的桃,怒气冲冲地吼:"谁叫你们吃?这是你们的书本啊!不想读书了?""想!"我哭着说,"我们没吃,只想您吃一个,您的胃口不好!"父亲叹了口气,拉过我,给我擦了一把眼泪,说:"捡起来吧,我吃一个!"父亲咬了一口桃,然后眼泪就流了出来。

阅读感悟

父爱如同秋天熟透了的果子,弥漫着甘甜与醇香。

背　影

◆文/朱自清

我与父亲不相见已有二年余了，我最不能忘记的是他的背影。那年冬天，祖母死了，父亲的差使也交卸了，正是祸不单行的日子，我从北京到徐州，打算跟着父亲奔丧回家。到徐州见着父亲，看见满院狼藉的东西，又想起祖母，不禁簌簌地流下眼泪。父亲说："事已如此，不必难过，好在天无绝人之路！"

回家变卖典质，父亲还了亏空；又借钱办了丧事。这些日子，家中光景很是惨淡，一半为了丧事，一半为了父亲赋闲。丧事完毕，父亲要到南京谋事，我也要回到北京念书，我们便同行。

到南京时，有朋友约去游逛，勾留了一日；第二日上午便须渡江到浦口，下午上车北去。父亲因为事忙，本已说定不送我，叫旅馆里一个熟识的茶房陪我同去。他再三嘱咐茶房，甚是仔细。但他终于不放心，怕茶房不妥帖；颇踌躇了一会。其实我那年已二十岁，北京已来往过两三次，是没有甚么要紧的了。他踌躇了一会，终于决定还是自己送我去。我两三回劝他不必去；他只说："不要紧，他们去不好！"

我们过了江，进了车站。我买票，他忙着照看行李。行李太多了，得向脚夫行些小费，才可过去。他便又忙着和他们讲价钱。我那时真是聪明过分，总觉他说话不大漂亮，非自己插嘴不可。但他终于讲定了价钱；就送我上车。他给我拣定了靠车门的一张椅子；我将他给我做的紫毛大衣铺好座位。他嘱我路上小心，夜里要警醒些，不要受凉。又嘱托茶房好好照应我。我心里暗笑他的迂；他们只认得钱，托他们只是白托！而且我这样大年纪的人，难道还不能料理自己么？唉，我现在想想，那时真是太聪明了。

我说道，"爸爸，你走吧。"他往车外看了看，说，"我买几个橘子去。你就在此地，不要走动。"我看那边月台的栅栏外有几个卖东西的等着顾客。走到那边月台，须穿过铁道，须跳下去又爬上去。父亲是一个胖子，走过去自然要费事些。我本来要去的，他不肯，只好让他去。我看见他戴着黑布小帽，穿着黑布大马褂，深青布棉袍，蹒跚地走到铁道边，慢慢探身下去，尚不大难。可是他穿过铁道，要爬上那边月台，就不容易了。他用两手攀着上面，两脚再向上缩；他肥胖的身子向左微倾，显出努力的样子。这时我看见他的背影，我的泪很快地流下来了。我赶紧拭干了泪，怕他看见，也怕别人看见。我再向外看时，他已抱了朱红的橘子往回走了。过铁道时，他先将橘子散放在地上，自己慢慢爬下，再抱起橘子走。到这边时，我赶紧去搀他。他和我走到车上，将橘子一股脑儿放在我的皮大衣上。于是扑扑衣上的泥土，心里很轻松似的，过一会说，"我走了，到那边来信！"我望着他走出去。他走了几步，回过头看见我，说："进去吧，里边没人。"等他的背影混入来来往往的人里，再找不着了，我便进来坐下，我的眼泪又来了。

近几年来，父亲和我都是东奔西走，家中光景是一日不如一日。他少年出外谋生，独立支持，做了许多大事。哪知老境却如此颓唐！他触目伤怀，自然情不能自已。情郁于中，自然要发之于外；家庭琐屑便往往触他之怒。他待我渐渐不同往日。但最近两年不见，他终于忘却我的不好，只是惦记着我，惦记着我的儿子。我北来后，他写了一封信给我，信中说道："我身体平安，唯膀子疼痛厉害，举箸提笔，诸多不便，大约大去之期不远矣。"我读到此处，在晶莹的泪光中，又看见那肥胖的，青布棉袍，黑布马褂的背影。唉！我不知何时再能与他相见！

阅读感悟

　　文中描绘的每个看似寻常的小细节，都饱含着父亲对"我"无微不至的关怀，这至真至诚的亲子之爱，感染了一代又一代人。

迟　　到

◆文/林海音

　　我的父亲很疼我,但是他管教我很严,很严很严。有一件事我永远忘不了……

　　当我在一年级的时候,就有早晨赖在床上不起来的毛病。每天早晨醒来,看到阳光照到玻璃窗上了,我的心里就是一阵愁。心想,已经这么晚了,等起来,洗脸,扎辫子,换制服,再走到学校去,准又是一进教室就被罚站在门边,同学们的眼光,会一个个向你投过来。我虽然很懒惰,可是也知道害羞啊!所以又愁又怕,常常都是怀着恐惧的心情,奔向学校去。最糟的是,爸爸不许小孩子上学乘车的,他不管你晚不晚。

　　有一天,从早晨起下大雨,我醒来就知道不早了,因为爸爸已经在吃早点。我听着不停的大雨,心里愁得不得了。我上学不但要迟到了,而且在这夏天的时候,还要被妈妈打扮得穿着肥大的夹袄,拖着不合脚的大油鞋,举着一把大油纸伞,一路走到学校去。想到这么不舒服的上学,我竟很勇敢地赖在床上不起来了。

　　等一下,妈妈起来了。她看我还没有起来,吓了一跳,催促着我,但是我皱紧了眉头,低声向妈哀求说:

　　"妈,今天已经晚了,我就不要去上学了吧?"

　　妈妈就是做不了爸爸的主,当她转身出去,爸爸就进来了。他瘦瘦高高的,站到床前来,瞪着我:

　　"怎么不起来?快起!快起!"

　　"晚了,爸!"我硬着头皮说。

"晚也得去，怎么可以逃学？起！"

一个字的命令最可怕，但是我怎么啦？居然有勇气不挪动。

爸把我从床头打到床尾，外面的雨声混合着我的哭声。我哭号，躲避，最后还是冒着大雨上学去了。我像是一只狼狈的小狗，被宋妈抱上了洋车。第一次花五大枚坐车去上学。

我坐在放下雨篷的洋车里，一边抽抽搭搭地哭着，一边撩起裤脚来检查我的伤痕。那一条条鼓起的鞭痕，红肿的，而且发着热。我把裤脚向下拉了拉，遮盖住最下面的一条伤痕，我是怕同学看见了要耻笑我。

虽然迟到了，但是，老师并没有罚我站，这是因为下雨天可以原谅的缘故。

老师教我们先静默再读书。坐直身子，手背在身后，闭上眼睛，静静地想五分钟。老师说："想想看，你是不是听爸妈和老师的话？昨天留的功课有没有做好？今天的功课全带来了吗？早晨跟爸妈有礼貌地道别了吗？……"我听到这儿，鼻子不禁抽搭了一大下，幸好我的眼睛是闭着的，泪水不至于流出来。

正在静默的当中，有人拍了我的肩头一下，我急忙睁了眼，原来是老师站在我的位子边。他用眼势告诉我，让我向教室的窗外看去，我猛一转头看，是爸爸那瘦高的影子！

我刚安静下来的心，又害怕起来了！爸爸为什么追到学校来？爸爸点头招我出去。我看看老师，征求他的同意，老师微笑地点点头，表示答应我出去。

我走出了教室，站在爸面前。爸没说什么，打开了手中的包袱，拿出来的是我的花夹袄。他递给我，看着我穿上，又拿出两个铜板给我。

后来怎么样了，我已经不记得。只记得从那以后，每天早晨我都是站在学校门口，等待着校工开大铁栅门的一个学生。冬天的早晨，站在校门前,戴着露出五个手指的那种手套,举了一块热乎乎的烤白薯在吃着。夏天的早晨,站在校门前,手上举着从家里花池里摘下来的玉兰花,预备送给亲爱的韩老师,她教我跳舞。

阅读感悟

　　本文中的"严父"形象让我们想到了"慈母严父"的说法。其实在父亲严厉的背后是一种不同于慈母般的爱。希望大家都能理解并珍惜这份别样的爱。

纸上的声音

◆文/古　溪

　　不知怎的,最近隔三差五就能收到父亲的来信,而结尾总忘不了提醒我尽快回信。而恰好,这段时间,忙工作、忙考试、忙花前月下,给家里去电话,说:"我会多打电话回来,信会写得少些。"电话那头,一阵少许的沉默后,母亲缓缓地说:"平儿呀,你爸现在也没啥爱好,就盼着看你写的信,你就多写写吧!"

　　父亲喜欢读我的信由来已久。大学时,每星期一篇五千字的信,雷打不动。以至于我后来走上文学创作这条路,很大程度上得益于四年中和父亲通的那近百万字的家信。

　　参加工作后,在网络、传真、电话早已普及的今天,笔端所流淌的温情远没有现代通信工具来得这般迅捷、便利。信少了,和父亲的联系却加强了。有时,三更半夜还躺在被窝里和父亲拉话,一唠叨便忘记了时间。父亲说:"儿呀,时间少了,工作忙了,没空写信,电话不能少!"

　　谁知,没多久,父亲开始反悔了。非要一封接一封给我来信了,还嘱咐我每两封信必回一封。父亲又恢复了原来的那种这边唱来那边和的通信方式,开始絮絮叨叨讲隔壁老凤婆家的那只芦花鸡抱了十二只小鸡崽,因霜冻,昨晚死了六只。末了,还连打六个惊叹号,直呼可惜。

　　我笑着摇头,给父亲去电话。不料,他死活不肯与我通话。无奈,我只有拿起笔回信:北京动物园的黑熊,生了四只小熊,其中一只被一个没有素质的人泼了硫酸,却大难不死。写了一小半,我又忍不住给父亲拨电话,接电话的仍是母亲。我说,我想和父亲唠唠。母亲说:"你父亲正给你写信呢！"我一听，急了："甭写了，我现在就想和他通电话！"母亲嘘着声，示意我轻点声，而后，母亲悄悄对我说："别嚷嚷，你父亲正写在兴头哩！"

我实在已经厌倦了这种落后的通信方式，现在都是无纸化办公了，谁还耐烦拿笔写东西啊。我犹豫片刻，便拿起手机，再次给家里挂起了电话。电话那头，一阵短暂的沉默后，我听见了父亲沉重的呼吸声，良久，父亲重重地哀叹道："儿呀，有啥话就不能写在纸上吗？"

心烦意乱的我，一急之下把那封未写完的回信揉成一团扔进了垃圾筐。

几天后，我到离家不远的城市出差。出差结束后，我决定悄悄回家一趟，给父母一个意外的惊喜。

推开门，父亲正戴着老花镜靠着窗台背对我看报纸。

"爸，我回来啦！"我兴奋地叫着。不料，父亲却毫无反应。

"爸，我回来啦！"我又提高了几个分贝，或许他读报太专心，没听到吧。

父亲还是没有听见。

心生纳闷的我正要走过去探个究竟，这时，母亲买菜回来。看到我，她惊讶得把手里的东西洒落了一地，失声叫了起来："平儿，你，你怎么回来啦？"

"妈，爸他怎么啦？"我心一沉，脱口问道。

母亲低下了头，平静地说："儿呀，别担心，医生说你父亲身体没啥异常，耳朵是因年龄关系突然失聪了。"

不等母亲说完，我一下蹿到父亲面前，父亲看到我，惊讶万分，浑身猛地一抖，老泪纵横地对我说："平儿呀，爸真想你，你为啥不给我回信？我每天盼着你纸上的声音呢！"

我顷刻全明白了,扑通跪在父亲跟前,呜咽着说:"爸,以后我每天给你写一封信,让你天天能听到我的声音。"

阅读感悟

父亲的耳朵虽然失聪了,但一颗爱子之心仍时刻为远方的儿子担忧、惦念、欣喜和快乐着。

父亲的信

◆文/孙盛起

和前几次一样,李星把父亲的来信看都没看就塞进了抽屉。

来这个远离家乡的小城工作已经快一年了,这期间,月月都会接到父亲的来信,偶尔一个月能接到两封。不过,所有的信,他只看过三封——前三封。

起初,他是怀着焦急的心情等待着父亲的来信的。毕竟父亲一个人在乡下料理那一亩三分地,孤苦伶仃又体弱多病,让他放心不下。第一封信他在收发室里就迫不及待地拆开来看。父亲不识字,一看就知道信是让邻居只上了三年小学就回家放羊的周二狗写的:

"儿子:你身体好吗?工作好吗?别担心我,我的身体还好,日子也还过得去。记住,别睡得太晚,别和别人打架,别和头儿顶嘴。还有,晚上起夜要披上衣服,别着凉了。爹说过了,要是你在外面惹了祸,爹就打断你的腿。父字。"

这封信对他这个中专生来看,实在是短而无味,因此刚拿到信时的兴奋转瞬之间就化为失望。尽管他并没指望一辈子和黄土打交道的父亲能说出什么优雅的字句,但这封信也太过生硬,仿佛无话找话,让他丝毫感觉不到体贴和温暖。不过,他还是立刻写了回信(信中故意用了一些周二狗肯定不认识的字词),向父亲说了一些小城和自己的工作情况。毕竟父亲省吃俭用供自己读完了中专,他也因此才有了这份工作,对这一点他是十分感激的。

接到第二封信时,李星开始感到父亲很无聊,因为除了把"晚上起夜要披衣服"换成了"睡觉时不要开着窗户"外,其余和第一封信一字不差。这次他写回信就拖了几天。看完第三封信,他紧皱着眉头,脸上甚至流露出讥嘲的神情。如他所料,这封信和上一封的不同之处,只是将"睡觉时不要开着窗户"改成了"把蚊帐挂上,有蚊子了"。他终于决定以后不再写回信。当然,他并不是为了节省八毛钱的邮票,甚至也不仅仅因为面对如此简单粗陋的来信觉得实在无话可说,而是这其中还有一个小秘密——信的末尾,有一行写上又划掉的话,他经过仔细辨认,看出那是"我知道你手头紧,爹也过得紧巴巴"。这再清楚不过了:父亲想向他要钱,可是考虑到他才工作不久,觉得不妥,所以让周二狗把那句话划掉了。对此他的心中顿生怨言:乡下没有多少花钱的地方,即使日子过得紧张,将就一下也就过去了。可这里不行,同事间的应酬自然免不了,自己也不能吃穿太寒酸,更何况他现在正向打字员顾芳献殷勤,上次请她吃饭就花去了他半个月的工资,因此自己月底还对着瘪口袋发愁呢,哪还有多余的钱往家里寄呢?当然,这些话是不能对父亲说的,说了他也不会理解。而且,父亲这次把这句话划掉了,没准儿下次就真会写上,到那时,他真的不知道该如何是好。思前想后,觉得最好的办法就是既不写回信,也不看信,这样眼不见心不烦,落得个清静。

如今他的抽屉里已经有十几封没有拆看的父亲的来信。

他洗完手,擦完脸,对着镜子把头发梳理整齐。宿舍里的人都到食堂打饭去了,整幢楼显得很安静。今晚他约好了顾芳到外面吃饭,因此在宿舍等她打扮好了来叫他。

有人敲门。他兴高采烈地开门,却见不是顾芳,而是同乡郭立。

"你爸给我来了一封信,问你出了什么事?为什么给你写了那么多信你一封信也没回?真不明白,你怎么不写回信?唉,老人家一个人在家里……"

郭立冷冷地说着,不等他开口问,就狠瞪了他几眼,扭头走了。

这可真让人扫兴。他愤愤地坐到床上,深怪父亲竟然给别人写信打听他的消息。稍一思索,他的嘴角就不禁露出一丝冷笑:不就是为了钱吗?写信来要钱,见没有结果,急了。哼!看他找什么理由要钱!——

他这样想着，就拉开抽屉，拿起刚收到的那封信，狠狠地将信皮撕开。

当他将信纸抽出并抖开时，一张 10 元的纸币轻轻飘落到地上！

他的心一惊，连忙看信的内容，见信的末尾清楚地写着："我儿，我知道你手头紧，爹也过得紧巴巴，所以别怪爹邮的钱少。"

他发疯似的把抽屉里的信一一拆开。每一封信里都夹着一张 10 元的纸币，而信的末尾都写着那句同样的话。

阅读感悟

一位在土地上劳作一生，甚至连信也要请别人代写的农民父亲，用最质朴的方式表达着对在外工作的儿子的关心和爱护。

错寄情书给父亲

◆文/贺双龙

那年,我在远方城市的一所大学读书。

一个有雪的冬天,我对同校的一个漂亮女孩儿一见钟情。我们不同年级,见面的机会也就很少,我甚至于连她的名字也不知道,但是我实在很喜欢她,于是我决定写信给她,以此来表达我对她的一往情深万般牵挂。

你好:

　　真不知道该怎么称呼你才能表达我的一片心意。冬天的雪很大,天气很冷,请原谅我没有送你一束美丽的花或者一条暖和的围巾。你似乎离我太遥远了,我们难得相见,即使见面,你也很少注意我,而且从不跟我说话。也许你从来没有给我留一个位置,也许命中注定我们只能一生都陌生着吧?即使如此,我也永远不会怪你。我只有一个小小的请求:这个周末让我见到你好吗?我夜以继日地想你啊!

　　　　　　　　　　　最想亲近你的人于星期二深夜

信写得很短,但是真挚可见。因为不知道她的名字,也就省了。写完信已经是深夜,我匆匆忙忙地把信塞进一个信封里,就开始蒙头大睡。第二天起床,寝室长告诉我,他捎带把我桌上的那封信投到邮筒里去了。

"可是我没有写地址呀!"我惊呼。

"写了地址,我只是帮你贴了一张邮票而已。"

天哪,那封情书,被投到谁家的书桌上了?我的桌子那么乱,根本就记不起那个信封上写的是谁的地址了。

周末的下午,我正在图书馆看书,同学来喊我,说是我父亲来看我了。我父亲会来看我？这不可能啊！父亲年轻时好赌，把家底输得精光，最后把母亲气得一病不起。记得母亲去世前嘱咐我，如果父亲不戒赌，就不要认他。但是父亲没有听从母亲的遗愿，依然嗜赌成性，若没有亲友的资助，我是不可能考上大学的。所以我一直痛恨父亲。除了写信索要生活费，我几乎不与他有任何其他联系。

回到宿舍，真的看见父亲坐在我的床边，吧嗒吧嗒抽着烟。我不想见他，正要往回走，寝室长叫住了我。我怕在同学面前难堪，只好硬着头皮进了房。父亲也不做声，只是嘿嘿地笑，很不好意思的样子。

"老伯，喝杯热茶吧。"寝室长热情地招呼父亲，"这么冷的大雪天，您一路辛苦了。""不辛苦，不辛苦！我接到信就赶来了。"

信？什么信？我没有给这个不争气的父亲写过信啊？我疑惑地望了父亲一眼，却分明看到他脸上布满沧桑，稀疏的头发里夹杂着丝丝白发。这个当年的浪荡公子如今也老了。

父亲从内衣口袋里掏出一封信，晃了一下又收了进去。

"啊……"我明白了，顿时羞得满脸通红，差点失声大叫：那不是我那寄错的情书吗？一定是那天晚上我晕了头，把它塞进了以前就写好准备向父亲要钱的信封，但是我不能说出来。

"龙仔——"父亲叫我，竟然用的是我的乳名，"我接到信就匆匆忙忙赶来，今天正好是周末……"

"龙仔，我对不起你……我该死！"父亲已经哭出声来了，我也想哭。

"龙仔，你能写信原谅我，我真高兴！"父亲走过来握住了我的手。

"爸爸——"我还能拒绝如此让人心醉又心痛的亲情吗？我扑进父亲的怀里。父子两人抱头痛哭。

那封寄错的情书，就这样轻易地融化了那场大雪，也融化了横亘在我和父亲之间的坚冰。父亲后来开始正正当当地做生意，赚的钱也没有拿去赌博，而是攒下来买了一套房子。我毕业了，又参加了工作，一直跟父亲住在一起，我们过着父爱子敬的日子。

然而，我还是不敢跟父亲说明那封情书的真相。有几次我向父亲讨要那封信，却遭到断然拒绝。父亲说，他要一辈子珍藏着那封信。

阅读感悟

一封无意中寄错的情书，最后竟成为了一把神奇的钥匙，开启了隔在父子之间多年的那道铁门。

父亲的泪

◆文/邓洪卫

那天下午，父亲将场上的花生翻了一遍，回到屋里，戴上眼镜，翻看昨天的晚报。

几个村干部就在这时候像泥鳅一样滑了进来。

为首的那个人干咳一声，邓老师，您又看报呀？

父亲的目光从报纸上移开，看清楚说话的是村支书吴美德。父亲说，是吴支书呀——话悬在空中，却不知说什么好，只好也咳嗽一声，啊，看报。

我们村委会有的是报纸，哪天我给您捎一卷来。吴书记说着，顺手抽过一张凳子坐下。

父亲取下眼镜，轻放在桌上，说，每天一份晚报，够了。然后扫视屋里站成一圈的大小村干部，问，有事？

吴支书说，主要是来看看您，顺便说一说一品的事。一品就是我哥，我父亲的大儿子。

吴支书说，一品欠提留款二百块钱，已经近一年了，我们做了大量工作，做不通呀。要我说，算了。可是，别人不让呀，村里近百户人家，都交了，怎么就他不交？

吸了一口烟，接着说，村里已经研究了，要请派出所来执法。我是您学生，一品就是我的弟弟，我不能看着他吃亏呀，所以，我想请您劝劝他。父亲叹了口气，说，小吴呀，你也知道我们家的事，一品把我当做仇人呀！

大哥确实把父亲当做"仇人"。父亲跟大哥的"仇"，是在大哥第二次高考落榜的那个夏天结下的。

我清楚地记得，那天晚上，我们家屋里弥漫着浓浓的猪爪子香味。

那是我姐从街上捎回来的。父亲、大哥和我，每人的碗里都有一截肥肥的猪爪子。

就在我和我哥啃得满嘴冒油的时候，父亲却将属于他的猪爪子捡到大哥的碗里，然后，他用商量的口气对大哥说，你看，明年是不是就别考了，让二品考吧。二品成绩不错，能行。等二品念成了，我再缓出空儿来，让你学个手艺。

大哥像被骨头卡住一样，顿在那里。好一会儿，我听到"啪"的一声响。那是大哥把碗砸了，那截猪爪子也滚落在地。大哥起身，回屋，甩上房门。父亲站在大哥的门前，张了半天嘴，终于转过身，将那截沾上泥的猪爪子捡起放在桌上。打那时起，父亲再也没吃过猪爪子。

第二天，大哥就离家去了南方。大哥到南方并没混出多少名堂来，最大的收获就是混回来我嫂子。回来后，大哥在村里做了两年文书，后来不干了，和大嫂一起务农。大哥盖瓦房的那年，父亲曾送去两千块钱，被大哥冷脸推了回来。大哥说，我们是仇人，我就是要饭也不会要到你的门上去！

果然，十几年，大哥再也没跟父亲说一句话。

这十几年，我们家也起了很大变化。我没有辜负父亲的期望，上了大学，还混成个作家，隔三差五在地方晚报上挤一个豆腐丁。于是，每天，在晚报上苦苦寻找我的豆腐丁成了退休后的父亲的一大乐事。这几年，父亲的日子好过了，手头也小有积蓄。父亲经常对我说，如果在十年前有这个样子，你哥就不会这样待我了。

可是，毕竟，十年前没这个样子呀。

当然，这几年，我也曾多次劝过大哥，可大哥就拧着那根筋不放。没办法呀。

当父亲从伤痛的记忆中回到现实时，吴支书已经站起来，他说，好，就这样吧。

几个村干部像泥鳅一样滑出窄小的屋门，滑到空阔的院场上。他们都没有立即离开，而是同时仰脸看天。他们的脸上像抹上一层脂膏，泛着油亮的光泽。不知谁踩着了花生，发出了一种清脆的声音。这时，他们听到屋里传出来父亲急急的声音：吴支书，你等一下。

他们同时扭过脸，看到父亲从里屋出来，将两张百元的票子放在了吴支书的手上。吴支书接过来，握住父亲的手说，邓老师，您是个好人呀，一品会理解您的。这话是阳光，父亲的心像场上的花生一样，暖和起来。

只是父亲心里的暖意并没有持续多久。第二天，父亲到小街去卖黄豆，回来的时候遇到了我嫂子。嫂子跟我大哥一样，几乎不跟父亲说话。但那天，很意外，嫂子说话了。嫂子说，你上了那帮狗日的当了。见父亲皱着眉头茫然不解，嫂子说，一品曾给村里白耍了两年笔杆子，应该得八百块钱，可村里到现在一分钱没给。他们赖，我们凭什么不能赖。

嫂子还说，你教了几十年书，都教哪儿去了？

父亲愣住了，父亲倒没有去计较嫂子那不合身份的语气。父亲真的没想到事情会是这样。

旋即，父亲果断地回转身，拎着空口袋向小街上的村部走去。直到下午，父亲才回来，据说是吴支书留他喝了酒。父亲不顾多年的胃病，喝了几杯。父亲对我嫂子说，他们答应了，欠一品的工资一分不会少。嫂子从鼻子里"哼"了一声，很不屑地说，那帮狗日的，没一个说话算话的！除非太阳从西边出来！

但太阳真从西边出来了。当天晚上，村会计就将八百块钱送到了大哥的手里。大哥和大嫂都有点发晕，他们都没有注意到村会计始终挂在脸上的那诡秘的笑意。

一连好几天，大哥和大嫂都处在一种晕晕乎乎的状态。

可是，村里又有了一种传言，说那八百块钱工资，其实是父亲垫上去的。为此，父亲还请在场的村干部们喝了一场酒，让他们保守秘密。村干部们也都当众拍了胸脯。

有人向父亲提起这事，父亲瞪眼说，我怎么能做这样的傻事！可是心里却骂，这帮狗日的，果然说话不算话。

几天后的一个中午，快到十二点钟了，父亲到小街上赶集回来，路过大哥家。从大哥家飘来浓浓的肉香味，那是熟悉的炸猪爪子的香味。父亲忍不住深深吸了一口气，眼里泪花闪烁……

阅读感悟

父亲的泪里，有愧疚，有无奈，但更多的该是伤心吧……

父子连心

◆文/欧阳德意

　　林腾祥怎么也没有想到，自己千辛万苦把独生儿子培养到大学毕业，并且有了一份不错的工作，到头来还有操不完的心。

　　原来，他的宝贝儿子林耀辉最近不但没有上交一分钱，还变着法儿向家里要钱，而且连续谈了几个对象相继告吹。难怪退休在家掌管家中"财政大权"的老伴儿，三番五次在林腾祥面前唠叨。

　　常言道："子不教父之过。"从机床厂下岗后，林腾祥凭着八级维修工的高超技术，开了间摩托车维修店，起早贪黑，日夜辛劳，到头来还不是为了儿子？可儿子也太不争气了，林腾祥下定决心：无论如何都要阻止儿子误入歧途！

　　这天晚上，林腾祥早早吃过晚饭，把儿子叫进自己的房间。父子俩很久没有这样促膝谈心了。他喝了口茉莉花茶，眼睛盯着儿子说："听说你最近常向你妈要钱，能告诉我是怎么回事吗？"林耀辉听了一愣，旋即振振有词地说："交女朋友嘛，当然要多花钱啰。怎么，老爸心疼了？"林腾祥不动声色，意味深长地说："男子汉顶天立地，说出的每句话都要掷地有声。既然你这么说，爸爸没有理由不相信，希望你好自为之。"

　　可就在第二天晚上，林耀辉骑着摩托风驰电掣般来到东郊娱乐城的一个包间。屋内早有三个人在等候，连麻将牌都已砌好，就等着开局了。旁边还有小姐沏茶送点心，好不舒服。林耀辉连忙落座，兴致勃勃地玩起牌来。谁知，一圈还未打完，林耀辉就发现父亲已经悄无声息地站在身后，不禁吃了一惊。在父亲双目灼灼的逼视下，他只得怏怏不乐地离开麻将桌。当晚，林腾祥并没有大发雷霆，只是用楷书写了"戒赌"两个字，让林耀辉抄写一百遍。

这样相安无事地过了一个星期,林耀辉觉得父亲好像不怎么在意了,以为风声已过,手不觉痒痒起来,又要"蠢蠢欲动"了。这不,就在周六晚上,他又被接二连三约他打麻将的传呼搅得心烦意乱。于是,硬着头皮向林腾祥说了声:"爸,我今晚去同学家里有事。"就匆匆出门了。林耀辉以为这次可以痛痛快快地过把瘾了,不料,牌还没洗好,一个熟悉的身影又出现在他的面前,父亲仿佛从天而降! 林耀辉就像泄了气的皮球,无精打采地跟着父亲回家了。这天晚上林腾祥写了"诚实"二字,让儿子抄两百遍。林耀辉直忙到下半夜才抄完。

　　经过这次的教训,林耀辉着实老实了好一阵子,足足有两个月不敢"轻举妄动"。

　　春节临近,这是赌徒最活跃的"黄金季节"。林耀辉又按捺不住了。现代通信工具为这些不守本分的人大开方便之门,经过商量,他们决定到西郊某寺庙"开盘"。在寺庙里,林耀辉面对一尊尊菩萨暗暗祷告:"菩萨保佑,父亲千万别来!"可是菩萨并没有保佑他,林耀辉前脚才到,林腾祥后脚就跟进来了。林耀辉不禁暗暗佩服父亲神通广大,惊奇地问:"爸爸,真是不可思议,不论我到什么地方,你总是如影随形,是不是在我身上安装了窃听器?"林腾祥叹了口气,语重心长地说:"你听说过'可怜天下父母心'这句话吗? 跟你说吧,只要你一想赌博,爸爸就会有心灵感应,就会心痛不已,而且一闭上眼睛就知道你去哪里,然后就马不停蹄地赶去。随着一次次的奔波,爸爸的心脏越来越不好了,总有一天会出事的,你难道就忍心这么下去,让我一次次地跑吗?"林耀辉听了这话,如喝了剂清醒剂,翻然醒悟……

　　后来,林耀辉真的脱胎换骨了,何况他也怕父亲的心脏病发作,自己落个"不孝子"的骂名。再后来,他终于找到了个称心如意的对象,在国庆节举行了婚礼。

　　婚礼上,当新婚夫妇向二老鞠躬时,林腾祥给儿子一个大红包,说:"这是一份特殊的礼物,你打开看看吧。"林耀辉迟疑地打开红包,里面包的竟是几张收据和一沓的士票。原来,为把儿子从歧途上拉回来,林腾祥不惜血本,花重金雇了私人侦探,"全天候"跟踪林耀辉,接到侦探的报告后,他就坐的士直奔现场……

真相大白的林耀辉不禁百感交集。父亲那动情的声音又回响在耳际:"这世界上虽然没有什么'心灵感应',可'父子连心'却是千真万确的啊!"

阅读感悟

挽救了儿子前途的,表面上看是父亲的智慧,实则是一颗深沉的爱子之心。

老　父

◆文/高海涛

　　所有人的感觉和所能使用的一切医学检测手段,都表明:老人已进入弥留之际。一向慈善安详的老人,表现出极度的痛苦。人们屏声静气地关注着他,几乎所有的人都感觉到,那深深的痛苦不是来自生理,而是来自心灵。人们甚至感觉到有种令人敬畏的力量在支撑着老人一次次地挣脱死神的巨手,竭力攀住崩溃殆尽的生命堤岸。

　　人们再不忍心让老人延长这种挣扎,他们努力猜测着老人的愿望,以便满足他,让他放心离去。

　　老伴捧着他的枯手,根据人们的提示,把嘴贴到他的耳边,一一地问。老汉一一用急躁厌烦的表情否定。

　　不是老伴身体的事,不是孙子上学的事,不是外孙女求医的事,不是女儿与婆婆不和的事……不是,都不是。

　　难道是不放心儿子?儿子大顺是乡长,三十八岁,正走红,如日中天,有什么不放心的呢?

　　老伴还是问了:"你是不放心顺儿?"

　　老汉停止了急躁厌烦的表示,手指在老伴的手心上用了用力。老伴扭头寻见了儿子,示意他过来。

　　儿子没动。

　　老伴喊了声:"顺儿,你过来!"

　　大顺走到父亲床前,叫了声爸。老汉双眼睁出一条缝,挤出两道令人生畏的光,定在了儿子的脸上。儿子扭了脸,却看见由被窝里伸出的那只枯手在床单上敲击着,便感到那手是在擂动一面大鼓,撼人心魄。于是,又躲这只手。

有人提醒："乡长，把手递给大爷。"

大顺没动。

母亲说："顺儿，你爹要你的手。"

大顺把手伸过去，立刻被抓住。他感到那只手传导着由心底发出的刻骨的力量。立刻，愧疚、悔恨、慌乱、恐惧、悲痛交织一体，在他的心灵深处倒海翻江。但，没有泪，只有汗。汗从额上、两鬓、两腋、前胸、后背冰凉凉地涌出来。

此刻，他是真的悔不当初了！

朋友倒化肥，求乡长大顺帮忙。他应了做了，得到了丰厚的报酬，便一次次地干下去。当发现是假化肥时，他已深深地陷了进去，无力摆脱。

一车假化肥被发现，货主和司机逃脱，车被扣押在乡政府大院。第二天，公安、工商就要来人，这罪证必须看好，以便顺藤摸瓜，惩治罪犯。

乡长大顺深夜悄悄打开了大门，带人来开车。来看儿子，住在院里的老汉把一切看了个真真切切。老汉跑出屋，车已经出了院，喊了声："顺儿，你这个……"就一头栽倒在地上。

满身冷汗的大顺，嘴贴着父亲的耳朵说："爹，那些货不是我弄的，我只是帮帮手。"

老人不松手。

又说："兔子不吃窝边草，我没让他们坑过本乡一个人。"

不松手。

又说："爹，我对不起您，从今往后，我再不会干了——您放心吧！"

仍不松。

一个穿制服的近了床前，帽子上的国徽被老人的目光捉住。老人的眼睛突然地睁大了，似在辨认。又由帽徽而下去辨那张脸，渐渐，眼睛失神了，失望地闭住。那人是女婿，在税务上工作。

大顺突然声泪俱下，大声向着老父说："爹，我明白了，您等等——"说完挣开老人的手，奔向门外。

大顺回来时扑通一声跪在父亲面前："爹，我投案自首——您、您放心吧！"说毕，把手举到老父跟前，紧跟他进屋的公安派出所所长迅速地给他戴上手铐。

　　老人又睁大了眼，辨认了帽子上的国徽，辨认了国徽下的脸，辨认了手腕上的铐子，长长地出了口气，如释重负地合上双眼，两滴浑浊的泪由深深的皱纹丛中滚落下来。

　　哭声骤起……

阅读感悟

　　老父亲紧抓着儿子的那只手上，当然有着一位老人一生的正直和无私，但更多的应该是对儿子的爱，督促儿子防微杜渐，及早回头。

父亲的教诲

◆文/张长公

我快到知天命的年龄了,还牢牢记着父亲的教诲:"不该拿的别拿,不该吃的别吃。"

说起来,教训挺深刻的。在那个自然灾害的年头,我只有二十来岁。一天,我骑了自行车出去,公路上迎面驶来一辆部队的吉普车,车后面还拖了一只挂斗,挂斗里是一头养得肥肥壮壮的大活猪。过铁路道口时,这头大活猪从挂斗里跳出来,翻了个跟头,正好跌在我面前。我忙停了自行车,看到那猪被摔得呆头呆脑的,一动也不动,再朝四周看看,没有一个人。我心里一动,忙解下自行车上的棉纱绳,系在猪的脖子上,转身牵了就跑。

那猪乖乖地跟着我跑,我心里别提有多高兴了:眼下是自然灾害年头,一个人一个月只有二两半肉票,这么一头大活猪,该抵多少张肉票呀?一想到瘪塌塌的肚子里马上要大加油水了,我馋得口水都流了下来。

我兴奋地一手推着自行车,一手牵着大活猪,兴致勃勃地在公路上走着。倏地我想到:如果那开车的司机发现猪逃了,回转来寻找,那我不是一场空欢喜?得赶快跑!我脑子一转,把牵在手里的绳子系到自行车的后座架上,骑上自行车,踏得飞快,于是那猪也跟着奔跑。

谁知只奔了一根电线杆距离,那猪清醒了,猛地蹦跳起来,没命地挣脱绳子。顿时车翻人倒,我的头上、手上、膝盖上皮破血流,自行车压在我身上,那猪拖着自行车乱奔乱跳,发出一阵阵凄凉的嚎叫。不少行人一看我这副样子,立即冲上来帮忙,他们捉住那头猪,把我从自行车下扶了起来,还七嘴八舌地说我年轻不懂事,哪有把猪当狗牵的?

这时候,部队的吉普车又开回来了,他们见逃掉的猪被绳子牵住了,又看我这副受伤的样子,二话没说就把我往医院里送。他们对医生说,我是为部队捉逃跑的猪受的伤,一定要认真给我治。我心里那个愧呀没法形容,又暗自庆幸:幸好没让部队知道我牵猪的目的。

我从医院里出来时,头上、手上、膝盖上都裹着白白的纱布。回到村里,邻居们知道我为部队捉猪光荣负伤,都来看我,称赞我做了一件好事。只有父亲对我怀疑,他说:"捉一头猪,怎么会弄成这样?"

在父亲面前,我从来不敢说假话,他那严厉的目光,能把我的心底看穿。我只好老老实实把事情的真相对父亲说了。父亲听完,沉思了好一阵儿,说:"你跌成这副样子,但换来皮肉痛苦的教训,是大幸呀!"

我弄不明白,偷鸡不着蚀把米,怎么会是大幸?

父亲看我一眼,说:"如果你把猪牵回家,部队的人寻上门来,把猪要回去,影响了名声,名声的教训,是小幸。"

我说:"那不幸呢?"

父亲瞪眼望着我,挺严肃地说:"你把猪牵回来杀了,吃了,没人知道,没有教训,那才是不幸。"

这怎么是不幸呢? 我眨巴着眼睛,望着父亲。

父亲说:"你不该拿的拿了,不该吃的吃了,贪心有了,人品没有了,怎么不是做人的不幸?"

该死,我怎么没想到这一层道理!

父亲又语重心长地说:"你千万要记住,贪是贫的壳,越贪越贫,世上没有靠贪能富得太太平平、传子传孙的人家。"

父亲虽然只是一个庄稼人,没有什么学问,但他这番富有哲理的话,就像重锤敲着我的心弦。我的伤口虽然还在疼痛，但这个教训已经深深地烙进我的心里。我明白父亲的意思——不该拿的别拿，不该吃的别吃。我牢记着父亲的话，几十年过去了，人不懒，心不贪，嘴不馋，手不长，每一天都活得心安理得。父亲的话，使我终身受益。

阅读感悟

父亲的教诲虽简单质朴，却令人警醒，受益终身。